절대고수

강풍 新무협 판타지 소설

FANTASTIC ORIENTAL HEROES

절대고수 5

강호풍 新무협 판타지 소설

초판 1쇄 찍은 날 § 2011년 10월 21일
초판 1쇄 펴낸 날 § 2011년 10월 28일

지은이 § 강호풍
펴낸이 § 서경석

편집부장 § 권태완
편집책임 § 어정원
편집 § 박우진

펴낸곳 § 도서출판 청어람
등록번호 § 제1081-1-89호
등록일자 § 1999. 5. 31
어람번호 § 제2-2167호

주소 § 경기도 부천시 원미구 심곡2동 163-2 서경B/D 3F (우) 420-822
전화 § 032-656-4452 팩스 § 032-656-4453
http://www.chungeoram.com
E-mail § chungeoram@chungeoram.com

ⓒ 강호풍, 2011

ISBN 978-89-251-2661-6 04810
ISBN 978-89-251-2529-9 (세트)

강호풍 新무협 판타지 소설

FANTASTIC ORIENTAL HEROES

絶代高手

절대
고수

5

도서출판 청어람

目次

第一章
강시의 왕(王) 철강시(鐵殭屍)

絶代高手
절대
고수

1

대지에 땅거미가 늘어서는가 했더니 어느새 세상을 삼켜 버렸다.

멀리 보이는 장군산 위로 떠오른 달을 바라보며 말을 몰던 책사는 조금 전에 마중 나온 운풍각주의 보고를 확인했다.

"적검왕과 그 제자들을 장군산으로 몰아넣었다는 말이지?"

냉막한 표정의 운풍각주가 담담하게 보고를 이었다.

"예. 염천대가 계속 그들을 쫓되 무리하지는 않을 것입니다. 그리고 본 각은 산 입구에서 홍월님과 염공, 철공님을 기다리고 있습니다. 아마 지금쯤이면 도착하셨을 것입니다. 철궁대와 파천대는 지금쯤 산의 좌우로 각각 이동 중입니다."

책사의 입가에 묘한 미소가 걸쳤다. 그는 잠시 그렇게 소리 없이 웃다가 입을 열었다.

"염공께서는 스스로 적검왕의 목숨을 취하고 싶어 하시나 그 뜻을 결코 이루지 못할 것이다."

그의 말에 운풍각주가 고개를 갸웃거렸다. 책사의 말이 이어졌다.

"후후후, 그게 가능하겠는가? 철강시가 어떤 존재들인가? 적검왕과 그 제자들의 육신은 갈가리 찢겨질 터인데……."

운풍각주의 눈에 동조의 빛이 스쳤다. 이미 장군산 전체엔 일천의 강시가 완벽하게 매복해 있었다.

강시군의 강시들은 강시왕(殭屍王)으로도 불리는 철강시(鐵殭屍)였다.

육체의 단단함이 강철과 같아서 무림인으로 치자면 금강불괴(金剛不壞)란 전설의 경지에 오른 것과 같은 존재였다. 내공이 심후하지 않은 자라면 철강시의 몸에 작은 상처를 내는 것이 고작일 정도로 단단한 동체를 지녔다.

독이나 암기도 통하지 않는 무시무시한 괴물.

시전자의 명을 완수할 때까지는 손발이 다 잘려 나간다 해도 절대 멈추지 않는 궁극의 살인 병기. 지칠 줄 모르는 체력과 무시무시한 속도를 발현하는 돌연변이.

자신들이 소유하고 있는 강시야말로 무림사를 통틀어 발

군의 무력을 가진 최강의 강시라 할 수 있었다. 그도 그럴 것이, 일천 구의 철강시를 만든 사람이 바로 노야였던 것이다.

무공뿐만 아니라 각종 진법과 강시 제조까지 천재적인 능력을 지닌 노야. 그분이 만든 괴물들이 지금 장군산 곳곳의 땅 밑에서 잠을 자고 있었다.

노야가 제조한 철강시는 두세 구로써 능히 오백위의 초인 하나를 감당할 수 있었고 스무 구면 십대고수 하나를 상대할 수 있었다.

강시군의 숫자는 일천!

책사는 단일 단체로는 강시군이 천하무림에서 가장 강력할 것이라 믿어 의심치 않았다.

"저 달이 천공의 중심에 자리하는 순간 철강시는 깨어날 것이고, 은검지에게 장군산은 지옥이 된다. 후후후."

책사는 잠깐 상념에 빠진 사이에 더 위로 올라선 달을 보며 웃음을 흘렸다. 그는 은검지가 이 밤이 지나고 여명이 오기 전에 이 세상에서 사라질 것이라 확신했다.

아무리 적검왕이 대단하다고는 하지만 그는 염공에 의해 가슴에 중상을 입었고, 그 상태에서 지난 며칠 동안 잠시도 쉬지도 먹지도 못하고 천라지망 속에서 혈투를 벌였다. 그리고 전날엔 염천대의 대주가 적검왕의 등에 칼을 한 차례 꽂아 넣었다.

덕분에 지금 적검왕은 거동조차 하지 못해 제자들의 등에 업혀 있는 상태라고 했다.

사실 지금까지 적검왕이 살아 있는 것이 더 신기할 정도였다. 그리고 그를 따르는 제자들도 열둘에서 여섯으로 그리고 지금은 넷으로 줄어 있었다.

남은 네 명의 은검지 전사의 몸 상태 역시 굳이 보지 않아도 뻔했다. 아마 지금쯤이면 전사들의 숫자가 넷에서 한둘 더 줄었을 수도 있다.

어쨌든 책사는 새삼 감회가 새로웠다.

은검지를 제거하면 이제 남은 것은 천하무림을 향한 진군뿐이었다.

기실 은검지가 대단하기는 했지만 자신들이 가지고 있는 힘은 가히 무적이라 할 수 있었다.

그렇게 무소불위의 저력을 지닌 자신들이 오랜 세월 야망을 꼭꼭 닫아두어야만 했던 이유는 하나다.

세상에서 가장 강력한 힘은 믿음이었다.

천하 무림인들이 은검지, 아니, 정확히 말하면 적검왕의 출현으로 똘똘 뭉치게 된다면 상황은 어떻게 흘러가게 될지 모른다.

적검왕을 향한 정파인들의 맹목적인 믿음은 거의 신앙과 같다 할 수 있었다.

역사적으로 강대한 힘을 가졌으면서도 권력을 얻는 데 실패한 많은 패웅준걸(覇雄俊傑)들이 보여주는 것은 하나다.

내가 민심을 얻지 못한다면 상대도 민심을 갖게 하지 말라!

민심은 천심이다.

아무리 강대한 힘을 가졌다고 해도 전 무림이 하나의 세력으로 규합된다면 결코 이길 수 없었다. 자신들이 오랜 세월 걸쳐 올린 막강한 힘과 조직도 모래성처럼 무너질 수 있었다.

은검지에게 그렇게 뒤통수를 맞지 않기 위해 인고했던 오랜 시간.

이젠 그 인내의 끝자락이 보이고 있었다.

은검지를 제거하면 다음은 무림맹이다. 그리고 무림이 혼돈에서 빠져나오기 전에 소림과 무당, 화산 등등의 무림 십대 방파를 휩쓴다.

동시에 자객 집단인 잔월궁을 이용해 주요 중견 방파들의 수장들을 암살한다. 물론 이 일에는 운풍각과 철궁대도 동참할 것이다.

즉, 무림의 핵심 세력과 명숙들을 초기에 상당수 제거함으로써 상대가 조직적으로 대응할 수 있는 원천적인 교두보를 삭초제근하는 것이다.

더불어 웅크리고 있던 마교를 불러낼 것이다. 마교의 수뇌부를 장악한 지 이십 년. 그동안 힘을 비축한 그들까지 가세하게 된다면 공포와 혼란이 천하를 지배하게 될 것이다.

그 세상의 지배자는 바로 자신들이고 말이다.

전광석화같이 진행되는 이 계획에 차질이란 있을 수 없

었다.

책사는 가슴이 뻐근해졌다.

기실 그는 오랜 시간 동안 조직을 정비하고 정보를 규합하는 일에 몰두해 왔다. 그러나 책사가 진정으로 꿈꾸는 일은 그것이 아니었다.

전장에 나가 승리하는 것.

계책으로 상대를 무릎 꿇게 하는 것.

수많은 장수와 무인들을 자신의 두뇌로 수족과 같이 움직이게 하는 것이야말로 책사가 가질 수 있는 최고의 기쁨이고 쾌락이었다.

그 시기가 도래하고 있었다.

지금은 원탁의 노인들에게 핍박받고 있지만 상황은 바뀔 것이리라. 자신은 노야의 측근으로 승격되어 원탁까지 지배할 것이리라.

아무도 모르는 책사의 꿈이 가슴속에서 포효를 질렀다. 모든 것이 계획대로 착착 진행되고 있었다.

책사는 운풍각주를 보며 입을 열었다.

"잔월궁에선 아직도 연락이 없나?"

"청부 큰 건 하나만 끝내고 오겠다는 연통이 왔습니다."

책사의 미간이 꿈틀거렸다. 그는 말고삐를 잡아당겨 말을 멈추게 하고는 노성을 터뜨렸다.

"그자가 감히! 지금 때가 어느 때인데?"

"책사께서 주문하신 대로 잔월궁 살수들의 배치는 이미 완료됐다 했습니다. 또한 잔월궁주가 이번에 직접 맡은 청부 건이 액수도 액수지만 마침 이 근방에서 멀지 않은 지역이라……."

책사가 불같이 화를 내자 운풍각주가 잔월궁주를 변호했다. 운풍각주는 자신이 맡고 있는 정보 관련 일로 인해 잔월궁주와 자주 접촉했기 때문에 친분이 남달랐다.

책사의 노기가 약간 누그러졌다. 또한 그는 의식적으로 흥분을 가라앉혔다. 아직 본성을 드러내서는 안 된다.

운풍각주는 자신의 측근이기도 하지만 원탁 노인들의 충실한 개이기도 했다.

"그래?"

이 중요한 시기에 딴 일을 하고 있다는 것이 마음에 들지는 않았지만 주어진 일에 지장이 없다면 크게 나무랄 필요는 없었다. 다만 다음에 만날 때 주의를 줄 필요는 있었다.

운풍각주는 여전히 냉막한 얼굴로, 또한 여전히 담담한 어조로 말을 이었다.

"예. 재미있는 점은 청부 대상이 이동 중인데 하필 오늘 낮에 장군산에 들어섰다는 군요."

"풋!"

책사는 자신도 모르게 실소를 터뜨렸다. 누군지는 몰라도 재수가 지지리도 없는 자라 여겨졌다.

"잔월궁주가 운이 좋군. 굳이 애를 쓰지 않아도 철강시가 그자를 죽여줄 터이니. 아! 이런……."

웃던 책사가 눈살을 찌푸렸다.

잘못하다가는 잔월궁주가 철강시의 희생물이 될 수도 있었다. 그런 우려를 눈치챈 운풍각주가 냉큼 입을 열었다.

"걱정하지 마십시오. 수하를 통해 호령초(虎靈草)를 지급했습니다."

호령초는 철강시가 적과 아군을 구별하는 방법으로 사람이 그 풀을 몸에 지니고 있으면 공격을 하지 않았다.

"다행이군. 바야흐로 천하를 향한 대업의 첫발이다. 한 치의 어긋남도 있어선 안 되지."

책사는 흡족한 미소를 지으며 말허리를 발로 살짝 걷어찼다.

푸르르르.

잠시 멈춰 휴식을 취하던 흑마가 다시 발을 움직였다.

따각따각.

다시 책사의 머릿속은 앞으로 무림을 일통하는 큰 그림들로 가득 찼다. 오늘 밤 장군산에서 벌어질 일은 전혀 개의치 않았다. 왜냐하면 이미 결과가 나와 있는 것이나 진배없으니 말이다.

2

장군산에 찾아온 밤은 고즈넉했다.

기이하게도 산짐승이나 새들의 우는 소리조차 없는 정적 속.

타탁, 탁탁.

마른 나무가 갈라지며 불꽃을 주변에 흩뜨렸다.

모닥불은 일 장 거리로 두 개가 있었는데, 한 곳의 불 위에는 화과(火鍋)가 놓여 있었다.

화과 안에 담긴 물이 끓기 시작하자 학봉 이수린이 말린 돼지고기를 예리한 단검으로 숭숭 썰어 넣었다. 그리고는 잠시 있다가 몇 개의 야채도 그릇 안에 밀어 넣자 맛있는 냄새가 주변 공기를 부유했다.

혈광비가 침을 꼴깍 삼키며 감탄했다.

"대단하십니다. 문무에만 조예가 남다른 줄 알았는데 요리까지!"

마붕권도 맞장구를 쳤다.

"동감이오. 아까 저녁 요리도 고마웠는데 이렇게 야참까지 챙겨주니."

이수린이 당연하다는 표정으로 화답했다.

"별말씀을. 노숙을 하니 먹을 것이라도 든든하게 챙겨야 하지 않겠습니까? 그리고 오늘 하루 종일 강행군을 했더니 제가 출출해서 야참을 만드는 것입니다. 그러니 고마워하지 않으셔도 됩니다. 그저 제가 먹을 것에 조금 더 보탤 뿐인 걸요."

혈광비와 마붕권이 서로 눈을 마주치며 고개를 절레절레 흔들었다. 야참을 만들어주는 것도 고마웠지만 말하는 본새는 더 따스했다.

정말이지 지금쯤 청송표국에서 늘어지게 자고 있을 유라와 너무나 비교가 됐다.

직접 해주는 요리?

상대방을 배려하는 마음?

그저 두들겨 패지나 않으면 다행이다.

혈광비가 엄지를 내밀며 말했다.

"감히 말할 수 있습니다. 학봉이야말로 이봉삼화 중 최고라고!"

혈광비나 마붕권이 정말로 비교하고 싶은 것은 유라였다. 하지만 그사이에 미운 정이 들어서인지 차마 유라를 들먹거리지는 못하고 괜한 이봉삼화를 꺼내 들었다.

둘의 이어지는 칭찬에 이수린이 수줍게 웃다가 화과를 모닥불 위에서 빼내 평평한 돌덩이 위에 놓았다.

여전히 보글보글 거품을 터뜨리며 끓는 탕은 냄새뿐만 아니라 보기에도 그만이었다.

"요리가 얼추 다 된 듯합니다. 묵검께서도 이리 오시지요."

약간 떨어진 곳에서 주변을 경계하던 묵검이 고개를 저었다. 뭔가 꺼림칙한 기색이 역력한 얼굴에 마붕권과 혈광비가 고개를 주억거렸다.

묵검뿐만 아니라 자신들도 느끼고 있었다.

주변을 흐르는 공기 흐름이 점점 더 오싹한 기분을 들게 했다. 그 불안감의 이유를 뭐라 딱 꼬집어 말할 수는 없었기에 더 기분이 나빴다. 이건 잔월궁의 살수가 흘리는 기운과는 차원이 달랐다.

하지만 그들은 자신을 믿었고, 어디선가 자신들을 지켜보고 있을 무루를 믿었다.

마붕권이 묵검을 향해 손짓을 했다.

"자네가 무엇을 걱정하는지는 우리도 잘 알고 있네. 그러나 지나친 긴장은 우리 같은 고수들에게 별 도움이 되질 않는다는 것쯤은 자네도 잘 알고 있을 것 아닌가? 자! 바람이 차니 뜨뜻한 국물 한 모금이라도 마시게. 학봉의 수고로움을 무시하는 것이 아니라면 말일세."

그 말에 묵검이 어이없다는 표정을 지었다. 대체 누가 학봉의 호위인지 헷갈리게 하는 말이 아닐 수 없었다.

이수린이 맞장구를 쳤다.

"호호호, 마 장로님의 말씀이 옳아요. 설마 제 요리 실력이 형편없다고 생각하시는 것이라면 어쩔 수 없지만요."

묵검은 고개를 절레절레 흔들다가 할 수 없다는 듯이 다가

들었다. 그때 갑자기 그릇 안에 담겨 있는 국물이 파문을 일으켰다. 그리고 곧 화과도 흔들리기 시작했다.

이수린이 눈을 부릅뜨며 중얼거렸다.

"지, 지진인가?"

그 말이 끝나기도 전에 마붕권이 외쳤다.

"살기요! 아주 짙은! 피하시오!"

이수린과 마붕권 그리고 혈광비가 화과에서 훌쩍 물러났다. 그 순간 그릇 주변의 땅에 균열이 일더니 '펑!' 하는 소리와 함께 뭔가가 위로 솟구쳐 올랐다.

펑! 펑! 펑! 펑!

그 소리가 주변에서 끊임없이 울렸다. 마치 산 전체가 포효를 하는 듯했다. 가까이로는 바로 앞에서, 멀리로는 봉우리와 산등성이를 따라 계속 굉음이 일었다.

메아리가 뒤따르면서 장군산을 뒤흔들었다.

난데없는 괴사!

마치 세상의 종말이라도 온 것 같았다.

땅 밑에서 솟구친 뭔가가 허공의 오 장여까지 오르더니 급전직하했다.

타아앗!

괴인영체가 두 다리로 모닥불 위에 내려섰다.

불꽃을 담은 재가 허공으로 솟구치며 마치 반딧불처럼 주변을 일시에 밝혔다.

누더기를 걸친 사람이었다. 아니, 피부는 검고 눈동자는 붉은 강시였다.

아직 꺼지지 않은 모닥불이 강시의 발을 에워 감쌌다. 그러나 강시는 아랑곳하지 않고 번뜩이는 시선을 주변으로 돌렸다.

"크르르르……."

네 사람을 발견한 강시의 입에서 섬뜩한 소성이 흘러나왔다. 마치 먹잇감을 발견한 맹수의 그것과 다를 바 없었다.

이수린이 놀란 얼굴로 중얼거렸다.

"맙소사! 처, 철강시야. 강시왕인……."

네 사람은 기가 막혔다.

강시는 전 무림에서 제조가 금지된 것이다.

물론 암묵적인 약속이긴 했으나 지난 마교의 중원 침공 이후 강시가 무림에 출현한 적은 없었다.

"대체 어떤 자들이?"

마붕권이 혈광비를 보며 질문을 던졌다. 혹시 잔월궁이냐는 말이다. 그러나 혈광비는 고개를 저었다.

살수는 은밀하다.

그러나 강시는 노골적이다.

자객 집단이 미치지 않고서야 강시를 제조할 리 없었다.

혈광비가 급히 말했다.

"방금 폭음으로 보아 숫자가 상당할 것 같소."

그의 말처럼 주변에서 이곳으로 다가오는 철강시의 기척이 확연히 느껴지고 있었다.

그의 기감으로 대충 헤아려 보니 수십여 구가 달려오고 있었다. 문제는 그것이 전부가 아니란 점이었다.

장군산 전체에 갑자기 깔려 버린 철강시 숫자가 얼마일지 감조차 잡히지 않았다.

마붕권의 미간이 와락 구겨졌다.

잔월궁을 유인하려던 계획이 꼬여 버렸다.

대체 이 많은 철강시들은 누가, 어떤 세력이 만들어낸 것일까?

그리고 하필 왜 지금 여기서 나타나느냔 말이다!

"크르르르."

철강시가 마침내 움직였다. 그의 첫 번째 대상은 학봉 이수린이었다.

파아앗!

그 움직임에 마붕권과 혈광비는 눈을 부릅떴다.

자신들의 상식으로 알고 있는 강시의 몸놀림이 아니었다. 저런 쾌속한 이동이라니!

오백위 초인의 경신술에 비해 전혀 떨어지지 않았다.

이수린은 자신을 향해 생각보다 훨씬 빠르게 다가오는 철강시를 보며 기겁했다. 그러나 당황한 얼굴과는 달리 대응은 냉철했다.

쇄애액.

그녀의 손에 쥐여 있던 단검이 거침없이 빠져나갔다. 허공을 격한 그녀의 단검은 단숨에 철강시의 가슴으로 파고들었다.

쩌엉!

철강시의 가슴에서 쇳소리가 터지더니 이수린의 단검이 맥없이 밑으로 떨어졌다.

이수린의 안색이 급변했다.

급한 와중이라 내공을 모두 끌어올리지는 못했다. 그러나 사성의 공력이 담긴 공격이었거늘 작은 상처도 주지 못한 것은 예상을 한참 빗나갔다.

그녀는 지체없이 발검했다.

쩡!

그녀의 검과 철강시의 팔이 부딪쳤다. 찰나만 늦었어도 그녀의 가녀린 육신은 철강시의 손아귀에 찢어졌을 수도 있는 아찔한 순간이었다.

그 직후 이수린의 옆에 당도한 묵검이 검으로 철강시의 허리를 쓸어갔다.

찌이잉!

철강시의 동체가 움찔했다. 묵검의 눈동자가 흔들렸다.

철강시의 허리를 베긴 했지만 완전히 양단하지 못했다. 철강시의 허리 거죽으로 얇은 금이 생겨나더니 검은 피가 주르륵 흘러내렸다.

묵검의 이마가 일그러졌다. 자신의 예상보다 철강시의 몸은 더 단단했다.

역겨운 냄새가 사방으로 퍼졌다.

"크아아아!"

철강시가 입을 벌려 포효를 내지르더니 양손을 마구 흔들었다. 놀라운 것은 아무 생각 없이 팔을 휘두르는 것 같았지만 정확히 급소를 노렸고, 허점을 찾았다.

이수린과 묵검이 뒤로 밀려나며 철강시의 양팔을 잇달아 내쳤다.

쩡쩡쩡쩡!

칼과 팔이 부딪치며 쇳소리가 허공을 달궜다.

내공이 약한 이수린이 결국 뒤로 휘청하는 순간 묵검의 검이 검강을 피워 올리더니 힘차게 뻗었다.

서걱!

철강시의 팔 하나가 밑으로 떨어지며 검은 피가 콸콸 흘렀다. 사람이었다면 고통을 참지 못하고 물러났을 것이다. 하지만 상대는 철강시였다.

강시가 울부짖는 소리는 고통에 찬 비명이 아니라 화가 치민 분노성이었다.

성한 팔 하나가 이수린의 머리로 득달같이 달려들었다.

"아아……!"

이수린은 나지막이 탄식을 흘렸다. 자신의 힘으로서는 막을 수 없는 강대한 힘이 느껴졌다. 몸의 중심을 잃어 제대로 수비할 수가 없었다.

그 순간 철강시의 팔이 거짓말처럼 멈췄다.

묵검의 검에 의해 철강시의 목이 사라져 버린 것이다.

이수린은 자신을 향해 힘없이 떨어지는 철강시를 피해 옆으로 몸을 회피하고는 거친 숨을 내쉬었다.

"헉헉! 고, 고마워요."

묵검은 엷은 미소를 찰나 지었지만 그 얼굴 전반에 흐르는 것은 긴장감이었다.

묵검의 시선이 주변을 휘이 훑었다. 그 시선을 따라 이수린의 고개도 움직였다.

"아……."

이수린의 얼굴에 짙은 그늘이 내려섰다.

수십의 철강시가 붉은 안광을 흘리며 주변을 에워쌌다. 마붕권과 혈광비는 가장 먼저 난입한 두 구의 철강시와 싸우는 중이었다.

이수린이 묵검을 향해 물었다.

"빠져나갈 수 있을까요?"

묵검은 아자다. 말을 하지 못한다. 그러니 고개를 끄덕이거나 젓는 것으로 답한다. 하지만 묵검은 어깨를 으쓱하는 것으로 대답을 회피했다.

그 순간 이수린은 묵검의 목덜미가 땀으로 축축한 것을 보았다. 적지 않은 내공을 소비했다는 의미다.

이수린은 쓴웃음을 머금었다.

하긴 그녀 자신도 지금 짧은 시간 동안 대적한 것만으로도 팔다리가 맥이 풀려 후들거리고 있었다. 내공의 삼 할 가까이를 소진해 버리고 말았다.

그만큼 철강시의 공격 일초 일초는 묵직하고 기쾌했다.

콰아아앙!

마붕권의 묵혈마공이 실린 주먹이 마침내 철강시의 머리를 날려 버렸다. 그의 거친 숨소리와 혼잣말이 이수린의 귓가까지 들려왔다.

"헉헉! 무슨 강시 따위가 이리 강하고 단단하단 말인가? 거기다 빠르기는 대체? 이건 보통 철강시가 아니야!"

혈광비의 비명도 들렸다.

"마, 마 장로! 나, 나 좀 도와주시오!"

"멍청한! 강시 하나도 못 당하는 놈이 그동안 특급을 바라보는 살수라고 나불거린 거냐?"

"빌어먹을! 이건 암살이 아니라 정면 대결이잖소!"

혈광비과 철강시는 일진일퇴를 거듭하고 있었다. 마붕권이 혀를 차며 도와주려다가 멈췄다. 수십여 구의 철강시가 일제히 그들을 향해 달려들었다.

이수린이 뺙 소리를 질렀다.

"모두 모이세요. 난전은 불리! 일단 서로 등을 지고 각자 네 방위를 막으며 공조해야합니다. 그리고 기회를 틈타 약한 곳을 뚫고 피신해야 해요!"

호기롭게 말하는 이수린이었지만 가녀린 몸은 떨고 있었다.

그녀는 보았다.

달려드는 수십여 구의 철강시 뒤로 또 다른 철강시들이 꾸역꾸역 시야에 들어오는 것을.

과연 저 강시들을 뚫고 이곳에서 빠져나가는 것이 가능한 것일까?

회의적이었다.

그때 허공에서 네 개의 그림자가 철강시와 그들 사이로 떨어져 내렸다.

엄청난 살기를 전신으로 풀풀 휘날리는 네 명의 노인.

이수린은 한차례 몸을 휘청거렸다.

설상가상이라더니!

묵검도 이를 악물며 검을 곧추세웠다.

第二章
그의 신위(神威)

절대고수

絶代高手

1

철강시가 등장하기 이각 전.

무루는 마붕권 일행에게서 물러났다.

그 이유는 살수의 기척을 감지한 것이다.

잔월궁일 것이리라.

아직 상당한 거리여서 주위에서 기다릴까 했지만 곧 고개를 저었다.

굳이 시간을 끌 이유가 없었다. 빨리 제압해 버리고 마붕권에게 편히 잠들라는 것이 낫다고 판단했다.

은잠비행술을 이용해 이동하는 무루의 얼굴은 굳어 있었다.

산 전체를 아우르고 있는 사기(死氣).

죽은 자의 기운이 조금씩 짙어지는 것이 께름칙했다. 자신은 선천지기를 운용했다.

그것은 생명의 기운이다.

즉, 죽음의 기운과는 극성이었다.

그렇기에 다른 고수는 잘 느끼지 못해도 무루는 확실하게 감지하고 있었다.

산의 땅 속 곳곳에 묻혀 있는 강시들.

'어떤 자들이, 대체 무슨 목적으로 장군산의 곳곳에 강시를 묻어둔 것일까? 폐기된 강시가 아니다. 잠들어 있을 뿐.'

무루는 급한 일을 해결한 후에는 장군산의 강시를 모두 파내 폐기처리하리라 다짐했다.

잔월궁주와 부궁주 그리고 세 장로는 빠르면서도 은밀하게 이동하고 있었다. 원래의 계획대로라면 장군산에서 미리 자리를 잡고 마붕권을 기다려야 했다.

그러나 그들은 은풍각주의 전서응을 통해 들은 정보에 경악해 산 아래로 다시 내려갔다와야 했던 것이다. 호령초를 지급받기 위해서 말이다.

"서둘러야 한다!"

잔월궁주가 발을 바삐 놀리며 나직이 말하자 바로 뒤에 따르는 장로 중 하나가 물었다.

"궁주! 굳이 이렇게까지 서두를 필요가 있는 것입니까?"

그의 말에 부궁주와 다른 두 장로가 고개를 끄덕였다.

현 시간은 삼경.

밤은 아직 충분했다. 그런데 자신들 같은 고수가 이렇게 숨이 찰 정도로 경공을 펼칠 필요가 있는지 이해할 수 없었다.

궁주가 눈살을 찌푸리며 대꾸했다.

"답답하군. 청부자인 암독왕에게 마붕권의 성한 수급을 주어야 잔금을 받을 수 있을 것 아닌가?"

질문을 던졌던 장로가 아차 하는 표정을 지으며 답했다.

"아! 그렇군요. 우리보다 먼저 철강시에게 당해 버리면…
마붕권 그자의 수급도 박살 날 터."

모두가 고개를 주억거렸다. 그들이 잠깐 대화를 나누는 동안에도 수백여 그루의 나무들이 휙휙 소리를 내며 좌우 옆으로 사라졌다. 정말이지 바람이 무색할 정도의 경공이었다.

잔월궁주가 말을 이었다.

"그렇다. 또한 그것뿐만이 아니라 우리는 지금 시간을 아껴야 하는 입장이다. 오늘 은검지가 제거되면 앞으로 정신없이 바쁘게 되겠지. 원탁의 책사가 우리가 해야 할 일을 최대한 속전속결로 끝내라는 지시를 했으니."

궁주의 말에 모두가 비장한 표정을 지었다. 마침내 대업을 향한 일보가 세상에 드리우게 될 터였다.

새로운 세상이 시작될 것이다.

펼친 손이 주먹 쥐어지며 힘이 절로 들어갔다.

그때 잔월궁주가 눈을 부릅뜨며 발을 멈췄다. 부궁주 휘하세 장로도 급히 발을 틀어 전진을 중단하며 숨을 들이켰다.

흑의 야행복을 걸친 청년 하나가 자신들이 이동하려는 지점에 오도카니 서 있었다.

잔월궁 일행은 당혹스러웠다.

장군산은 산세가 험해 사냥꾼들도 밤에는 어지간하면 오르지 않는다. 더구나 이곳은 산에 있는 정상적인 길도 아닌, 그야말로 빽빽한 숲이었다.

부궁주가 고개를 세차게 흔들었다가 눈에 힘을 주었다. 그러나 잘못 본 것이 아니었다.

하긴 자신 혼자라면 몰라도 다섯이 동시에 환영을 볼 리 없었다.

팽팽한 긴장감이 잔월궁 일행을 휘어 감았다.

여기 있는 자신들은 천하의 살수 중 최고의 실력자들이라 할 수 있었다.

그런 다섯이 저 의문의 청년이 어떻게 나타났는지 전혀 모를 수 있단 말인가?

장로 중 한 명이 입을 열었다.

"은풍각인가?"

흑의청년, 즉 무루가 입을 열었다.

"은풍각은 뭐지?"

냉랭한 반문에 잔월궁 다섯의 목젖이 동시에 출렁거렸다. 그가 질문을 던지는 순간부터 이유 모를 한기가 자신들을 휘어감은 탓이었다.

그러나 이내 그들은 자신들이 지나치게 긴장하고 있음을 깨달았다.

상대가 예상외로 고강한 청년이라고 해도 자신들이 이렇게까지 긴장할 이유는 어디에도 없었다.

자신들은 최고의 살수였고, 또한 다섯이었다.

이 정도면 무신인 십대고수와 붙어도 밀리지 않을 자신이 있었다. 그런데 왜 자신들이 이렇게 기가 죽어 있는 것인가?

장로 중 가장 젊어 보이는 이가 앞으로 나서며 말했다.

"너는 누구냐?"

"한무루. 철강시가 잠을 깨고 나오는 시간은?"

짧은 대답.

기실 질문을 전혀 충족시켜 주지 못하는 대답이다. 그리고 곧바로 이어지는 질문.

무루의 질문에 잔월궁주는 자신도 모르게 마른침을 삼켰다.

무루라 이름을 밝힌 흑의청년!

저자는 자신들의 말을 다 듣고 있었다. 그러니 철강시에 대해 물을 수 있는 것이다. 이건 믿기지 않는 일이었다.

저자가 자신들을 따라오며 이야기를 들었다고밖에 볼 수

없었다. 극도의 경공을 펼치던 자신들을 눈치채지 않게 따라
왔단 말이다.

젊은 장로가 눈을 부라리며 입술을 깨물었다.

"건방진 놈!"

그런데 신기하게도 그도 다른 넷도 그 건방진 놈에게 출수
를 하지 못했다. 지금쯤이라면 누군가가 암기를 던져 제압했
어야 되거늘.

이 의미는 뭔가?

자신들이 저 청년의 기세에 짓눌리고 있다고밖에. 그러고
보니 자신을 짓누르는 한기가 점점 더 심해지고 있었다. 마치
겨울의 한복판에 벌거숭이로 서 있는 느낌이었다.

무루가 고개를 뒤로 돌렸다. 그가 바라보는 곳은 마붕권 일
행이 있을 자리였다.

"철강시가 곧 깨어난다니……. 너무 늦지 않게 돌아가야겠
군."

기실 그는 마붕권이 강시 정도는 어렵지 않게 상대할 수 있
다고 생각했다. 그러나 숫자가 많다는 점이 마음에 걸렸다.
그리고 저들이 아까 나눈 대화 중 철강시가 마붕권의 수급을
박살 내고 어쩌고 하는 얘기도 신경 쓰였다.

그럼에도 불구하고 무루는 상황을 아주 심각하게 받아들이
지는 않았다. 묵검이라는 오백위도 있었고 다른 조력자도 있
었기 때문이다. 바로 흑살이 보낸 네 명의 유령귀들 말이다.

한편 잔월궁 일행은 황망하기 그지없었다.

자신들과 저 청년과의 거리는 멀지 않았다. 그런데 저자는 태연히 고개를 뒤로 돌리고 있었다.

완전히 자신들을 무시하는 행위였다.

부궁주와 세 장로의 얼굴이 노기로 붉어졌다. 그들의 손이 동시에 소매 속으로 사라졌다. 그러나 궁주가 손을 들어 그들을 제지시켰다.

[허튼짓 마라.]

궁주의 전음에 넷이 눈을 화등잔만 하게 떴다. 자존심 센 궁주가 이런 모욕을 참다니.

[물론 내가 저자를 과대평가하는 것일 수도 있다. 하지만… 대업의 시작이 코앞에 다가온 상황에서 사소한 실수로 죽게 된다면 너무 억울하지 않은가?]

[하지만 궁주!]

[그만. 내 직감이 틀린 적이 있는가?]

그 말에 넷의 눈동자가 흔들렸다.

궁주는 정말이지 타고난 살수라고 할 수 있는 자였다. 그의 본능적 직감은 지금껏 한 번도 틀린 적이 없었다.

사실 잔월궁이 천하제일 자객 집단으로 우뚝 서게 된 이유로는 원탁의 지원이 가장 컸지만 잔월궁주의 비범한 직감도 적지 않게 일조했다.

[잔금보다 더 중요한 건 우리의 안전. 잠시만 시간을 끌면

된다. 곧 철강시들이 깨어난다. 그 잠깐을 못 버틸 이유가 있나?」

무루가 고개를 다시 앞으로 돌리고는 빙그레 웃었다. 그 난데없는 미소에 잔월궁주는 심장이 툭 하고 떨어지는 듯한 느낌을 받았다.

마치 저 미소는 자신들이 나눈 전음을 들었다는 것 같지 않은가?

그러나 그건 불가능한 일이었다.

애써 침착하려 했지만 가슴 깊은 곳에서 뭉클뭉클 솟아나는 불안감은 멈추지 않았다.

무루의 입술이 떼어졌다.

"철강시가 곧 깨어난다고?"

잔월궁주의 심장이 쿵 떨어졌다. 그가 불신의 표정으로 무루를 보며 물었다.

"어, 어떻게?"

그러나 무루는 화제를 돌렸다.

"뒤를 보는데도 공격을 하지 않는 이유는 굳이 그럴 필요가 없어서인가?"

"……."

"이 산에 있는 철강시란 것들은 당신들 것인가?"

"……."

전음을 훔쳐 들을 수 있다는 사실에 충격에 빠진 잔월궁주가 말을 잃고 멍하니 서 있자 무루가 머리를 긁적였다.

"그러고 보니 내 질문에 하나도 답하지 않았군. 하지만 이번엔 꼭 대답해 주길 바란다. 총사를 알지?"

무루의 질문에 다섯의 눈동자가 거의 동시에 흔들렸다. 궁주가 마른 입술에 침을 바르고는 심호흡과 함께 흐트러진 심신을 추슬렀다.

"만약 네가 말하는 총사가 내가 알고 있는 사람과 같다면… 그는 죽었다고 들었는데."

"아마 같은 인물일 거야. 그리고 그는 살아 있어."

"정말인가?"

잔월궁주의 눈매가 날카로워졌다. 그는 무루를 다시 꼼꼼히 살피며 그의 정체를 유추하려고 애썼다. 그러나 알아낼 수 있는 것은 아무것도 없었다.

자신이 세세히 파악하고 있는 오백위나 후기지수에 저런 인물은 존재하지 않았다.

무루가 잔월궁주의 질문에 답했다.

"물론. 내 인질로 말이지."

정적이 감돌았다.

방금 무루의 말은 잔월궁 인물들에게 많은 것을 생각하게 만들었다.

원탁회의 총사는 십대고수에 맞먹을 정도로 강했다. 그런 총사를 인질로 잡고 있다는 것이 의미하는 바는 간단했다.

저자는 총사보다 더 강하다. 십대고수의 수준이거나 능가한다.

잔월궁의 부궁주와 장로들은 궁주의 직감이 맞았다는 생각을 하며 호흡을 정돈했다.

무신급의 고수라면 자신들이 다섯이라고 해도 결코 쉽게 상대할 자가 아니었다. 그들은 궁주의 현명한 선택에 감사했다. 굳이 무리한 선택을 할 필요는 없었다. 철강시는 곧 깨어난다.

무루가 다시 질문을 던졌다.

"총사의 배후는 누구지?"

잔월궁 인물들이 가장 꺼리는 질문이 나오고 말았다. 부궁주와 장로들이 궁주의 눈치를 살폈다. 궁주는 잠시 생각하는 모습을 보이다가 말했다.

"네 진정한 정체가 무엇인지, 또 네 뒤에 어떤 세력이 있는지는 모르겠으나 내가 답해줄 수 있는 건 하나다. 그걸 알면 넌 죽는다."

무루가 흥미로운 눈빛으로 물었다.

"그것이 뭐지?"

궁주는 말할 듯 말 듯한 표정으로 입술을 달싹였다. 그러나 그의 입은 쉽게 열리지 않았다. 무루가 피식 웃었다.

"시간을 끄는군. 철강시가 나오길 기다리는 건가?"

"글쎄."

궁주가 애매모호한 대꾸를 하며 어깨를 으쓱거렸다. 그러자 무루가 표정을 굳히며 말했다.

"그렇다면 나도 조건을 걸지. 철강시가 나오기 전에 대답하면 너희는 산다. 그러나 그 전에 답하지 않으면 너희는…… 시간을 끌려 했던 것을 지독하게 후회하게 될 거야."

궁주의 입가에 모호한 미소가 피어났다.

"과연 그럴까? 자네는 철강시의 무서움을 모르는군."

"그래봤자 강시일 뿐이지."

"크크큭. 강시일 뿐이라……. 그래, 나도 예전에 그분이 만들었다는 철강시를 실제로 보기 전에는 너처럼 생각했었지."

"그분이라? 그자가 총사의 배후인가? 그리고 잔월궁의 배후이기도 하고?"

"맞아."

잔월궁주의 입에서 마침내 대답이 흘러나왔다. 물론 그렇다고 해서 정확한 실체를 밝힌 것은 아니었다. 하지만 그것만으로도 부궁주와 장로들의 놀라움은 컸다.

그분은 결코 입 밖으로 흘릴 수 없는 존재였다. 그 사실이 그분의 제자나 원탁회의 귀에 들어갔다가는 잔월궁은 세상에서 사라질 것이기에.

부궁주가 급히 끼어들었다.

"궁주님!"

궁주가 손을 어깨 위로 들며 부궁주의 말을 제지시켰다.

"괜찮아."

"하지만……."

"이자는 어차피 우리가 아니더라도 철강시에 의해 갈가리 찢겨 죽을 거니까. 이제 시간이 다 됐다."

그의 말에 부궁주와 장로들이 고개를 들어 하늘을 보았다. 달이 천공의 중심에 위치했다.

궁주의 말이 이어졌다.

"저놈이 강하긴 하나 이제 철강시는 깨어난다."

투투툭.

근방의 어딘가에서 땅거죽이 흔들리는 소리가 들렸다. 그리고 그 소리는 한 곳이 아닌 여러 곳에서 들려왔다.

궁주의 입가에 깃든 미소가 짙어졌다. 무루도 그 미소를 보며 히죽 웃었다.

"그래도 천하제일 살수라 최소한의 자존심은 있을 것이라 여겼는데. 자신보다 강시 따위를 더 믿다니. 쯧쯧. 한심하군."

궁주의 이맛살이 찌푸려지는 것을 보며 무루는 말을 이었다.

"후회하게 될 거다. 강시가 출현하기 전에 내 질문에 답하지 않은 것을."

"크크크. 자존심보다 더 중요한 것이 목숨이지. 난 자존심을 잃었을지 몰라도 넌 목숨을 잃게 될 거야."

그의 말이 끝나기가 무섭게 산 전체를 울리는 굉음이 사방에서 일었다.

2

"크르르르."

사람의 냄새를 감지한 철강시들이 무루에게 쏜살같이 달려들었다.

근방에서 얼핏 보이는 것이 총 네 구였다. 그리고 그 뒤로도 속속 철강시들이 등장하고 있음을 무루나 잔월궁 일행은 감지했다.

무루는 푸른 호혈약을 꺼내 쥐고는 다른 손바닥에 툭툭 튕겨댔다.

잔월궁주가 그런 무루를 보며 말했다.

"미친놈. 이 와중에 겨우 옥피리를 꺼낸단 말인가? 그 여유도 곧 끝날 거다, 이 건방진 새끼야!"

무루가 어이없다는 표정을 지으며 대꾸했다.

"이제 본색이 드러나는 건가? 어처구니없는 작자군."

"크크큭. 새파란 애송이가 감히 누구를 보고……. 이젠 네가 내 질문 두 가지에 답해야 할 것이다. 총사는 어디에 갇혀 있지? 그리고 네놈의 정체는?"

"글쎄."

태연한 무루의 모습에 잔월궁주의 눈살이 찌푸려졌다. 그러나 그는 곧 흉흉한 웃음을 터뜨렸다.

"크크큭. 좋아, 얼마나 버티는지 지켜봐 주마. 어쨌든 곧 네놈의 입에서 살려달라는 절규가 터져 나올 것이다. 명심해라, 방금 내가 한 질문 두 가지를. 그것을 답한다면 나는 너를 철강시에게서 구해줄 것이다. 그러나 끝끝내 대답하지 않는다면……."

무루는 고개를 갸웃거리며 궁주의 말허리를 잘랐다.

"이상하군. 아무리 봐도 넌 철강시를 부리는 시전자가 아닌데. 흠……. 철강시가 너희들을 공격하지 않게 하는 뭔가를 가지고 있는 건가?"

예리한 지적에 궁주는 찰나 찔끔했다. 그러나 그는 곧 안색을 폈다. 마침내 철강시 한 구가 거친 포효성을 터뜨리며 놈에게 달려들었다.

콰직!

눈에 보이지도 않는 속도로 호혈약이 움직였다가 제자리로 돌아와 손바닥을 툭툭 퉁겼다. 무루는 일체의 변화 없이 피리를 손바닥에 퉁기는 똑같은 동작을 하고 있는 것 같았다.

그러자 달려들었던 철강시는 머리가 깨져 나가며 무서운 속도로 뒤로 날아가 처박혔다.

그 철강시가 부딪친 나무가 우지끈 소리를 내며 꺾여 흉한 속살을 드러냈다.

다른 세 구의 철강시가 동시에 무루를 향해 덮쳤다.

퍼퍼퍽!

머리 세 개가 거의 동시에 터져 나갔고, 머리를 잃은 동체 세 구는 먼저 당한 철강시처럼 뒤로 맹렬히 뻗어 나가 몇 그루의 나무를 부러뜨리고 나서야 바닥으로 떨어졌다.

무루는 여전히 잔월궁 일행을 보며 호혈약을 손바닥에 튕기고 있었다.

장로 중 가장 어린 이가 불신의 눈빛으로 외쳤다.

"뭐, 뭐가 잘못된 거야! 처, 철강시는 저렇게 약하지 않아!"

아무도 대답하지 않았다. 그들의 심정도 방금 젊은 장로가 외친 것과 별반 다르지 않았다.

그러나 그들은 예전에 자신들이 보았던 철강시와 지금의 철강시가 같은 것을 이미 알고 있었다.

기세등등하던 잔월궁주의 입술이 떨렸다. 그의 눈동자가 사정없이 흔들렸다.

"이건… 말도 안 되는 일이야."

어느새 스무여 구의 철강시가 날아가 떨어졌다. 그리고 마침 한 구가 잔월궁 일행 앞으로 곤두박질쳤다.

콰아앙!

머리가 으깨진 철강시가 궁주의 반 장 앞 바닥에 박혔다. 대체 얼마나 깊게 박혔는지 몸의 일부도 보이지 않았다.

"하아……."

절로 탄식이 나왔다. 대체 이런 강함이란?

잠시 앞에 박혔던 철강시에 눈길을 주었던 그들은 다시 고개를 들다 눈을 부릅떴다.

"대체 언제?"

그가 바로 앞에 와 있었다.

퍽퍽퍽!

휘두르는 것은 보이지도 않았다. 단지 둔탁한 타격성과 함께 세 장로가 픽픽 쓰러지고는 신음을 흘렸다.

부궁주가 그 틈을 타 암기를 뿌렸다. 그러나 무루가 왼손을 휘두르자 암기의 방향이 바뀌었다. 정 반대로 말이다.

부궁주는 고통의 단말마를 내지르며 벌렁 나자빠졌다. 그의 얼굴엔 방금 자신이 던진 독침들이 새까맣게 덮여 있었다.

잔월궁주는 머릿속이 새하얗게 변했다.

당최 무슨 생각을 할 수가 없었다. 그렇다고 아무 생각도 하지 않는 건 아니었다.

단 한 가지의 생각.

'지금 꿈을 꾸고 있는 건가?'

오직 그것뿐이었다.

무루가 팔을 뒤로 흔들어 등을 덮치던 철강시의 머리통을 후려갈기며 물었다.

"이젠 내 질문에 답할 건가?"

"……"

"뭐, 좋아. 나도 곧바로 들을 수 있을 거라고는 생각 안 했어. 시간은 많으니까. 며칠 뒤에 총사와 대질심문도 할 생각이고."

퍼억!

잔월궁주는 명치에 이는 거대한 통증에 숨이 턱 막혔다. 그리고 눈이 뿌옇게 변해가더니 이내 암흑으로 변했다.

잔월궁주를 실신시킨 무루는 자신을 올려다보고 있는 세 장로를 보았다. 그들 중 젊은 장로가 이를 악물더니 달려왔다.

마치 웅크린 개구리가 도약하는 듯한 모습.

어느새 그의 양손엔 두 개의 비수가 들려 있었다.

거리가 워낙 가까웠는지라 장로의 비수는 단숨에 무루의 목과 머리를 관통했다.

스르르르.

무루의 신형이 연기처럼 꺼지더니 바로 옆으로 이동했다. 그리고 호혈약이 장로의 턱을 밑에서 위로 날려 버렸다.

"커흑!"

단말마와 함께 피보라가 위로 솟구쳤다. 그의 신형이 허공으로 붕 떠올라 마치 공중제비를 하는 것처럼 빙글 두 바퀴 돌더니 땅바닥에 철퍼덕 엎어졌다.

그리고는 미동도 없었다. 즉사한 것이다.

무루는 남은 두 장로를 물끄러미 보았다. 그 시선을 마주한

두 장로는 몸을 벌벌 떨었다.

상상도 하지 못했다.

자신들 같은 초특급 살수가 누군가의 앞에서 전신이 마비된 것처럼 떨면서 아무것도 할 수 없다는 것을.

대항이나 반발도 어느 정도 해볼 만하다는 생각이 들어야 하는 것이다. 하지만 하룻강아지가 호랑이 앞에서 할 수 있는 것은 아무것도 없었다.

아니, 자신들은 하룻강아지에도 미치지 못했다. 강아지는 짖기라도 하지.

무루는 또 달려드는 철강시 두 구를 아예 으깨 버리다시피 밟아버리며 중얼거렸다.

"강시는… 확실히 귀찮군."

두려움을 모르는 강시는 계속해서 몰려들었다. 홀쭉한 몸매의 장로가 무루가 한 말의 의미를 간파하고는 급히 죽은 동료 장로의 품속에서 호령초를 빼내 들었다.

"이, 이것을 가지시면……."

무루는 그 풀을 받아 쥐었다. 그 순간 지척까지 달려들었던 철강시들이 주춤하며 멈췄다. 그리고 조금씩 뒤로 물러나더니 어디론가 달려갔다.

무루의 입이 길게 늘어났다.

"흥미롭군."

그가 땅을 툭 치고는 몸을 허공으로 띄웠다.

일 장, 이 장, 오 장, 십 장, 이십 장!

아직 정신을 잃지 않은 두 장로는 무루의 모습에 아연실색했다.

땅을 힘껏 박차고 어느 정도의 높이까지 몸을 도약시키는 것은 누구나 가능하다. 자신들도 내공의 힘으로 십여 장 가까이 몸을 띄울 수 있다.

그러나 저 청년과 자신들의 도약은 차원이 달랐다.

자신들, 아니, 일반적인 고수들이 몸을 띄우는 방법은 땅을 박차는 순간의 반탄력과 내공의 힘을 이용해 쾌속하게 몸을 솟구치게 하는 것이다.

그러나 청년은 몸을 서서히 상승시키고 있었다.

저런 경신술은 단 한 번도 본 적이 없었다.

놀라 턱이 밑으로 떨어진 두 장로는 감히 도망갈 생각도 하지 못하고 어느새 잘 보이지도 않을 정도로 높이 솟구친 무루를 보았다.

"맙소사! 허공에 머물러 있어."

그리고는 침묵이 이어졌다.

삼십여 장의 높이까지 몸을 띄운 무루는 장군산 곳곳에서 출현한 강시들이 움직이는 방향을 보았다.

두 곳이었다.

한 곳은 마붕권 일행이 있는 곳이다. 그리고 다른 곳은 마붕권이 있는 곳에서 삼백여 장 떨어진 깊은 골짜기였다.

"철강시가 진짜 노리는 목표물은 저쪽이었던가?"

무루는 골짜기 쪽을 중얼거렸다.

"누굴까? 이렇게 엄청난 작전을 구사하면서까지 잡으려는 자들은? 그리고 무림에서 제조가 금지된 강시를 이렇게 많이 만들어낸 자들은?"

자신과는 무관하다는 생각이 들었지만 곧 생각을 바꿨다. 강시를 만들어낸 자들은 진충 어르신을 죽인 배후 세력일 공산이 컸다. 깊게 연관되고 싶은 생각은 없었지만 최소한의 것은 알아내야겠다는 결심을 했다.

"어쨌든 아주 대단한 자들이군. 강시를 만들어낸 이들이나 이 많은 강시를 동원해야 할 만큼 노려지고 있는 인물들이나."

무루의 몸이 천천히 밑으로 하강을 시작했다.

다시 밑으로 내려온 무루는 죽은 부궁주의 품에서 호령초를 꺼내면서 두 장로 중 체격이 큰 자에게 말했다.

"당신이 궁주를 업어라."

덩치 큰 장로가 군말없이 궁주를 업자 무루가 앞장을 섰다.

"나를 따라와라. 거리가 벌어지지 않도록 신경을 쓰고."

무루가 앞으로 달려나갔다.

그 모습에 궁주를 업은 장로와 홀쭉한 장로가 황망한 표정을 지었다.

대체 무슨 저런 인간이 있을 수 있단 말인가?

뒤에서 감시하는 것이 아니라 먼저 달려나가다니!

둘의 눈에 갈등이 어렸다.

지금 기회를 놓치면 결코 도망칠 수 없을 터였다.

궁주를 업은 장로가 주저하는 순간, 홀쭉한 장로가 과감히 결단을 내렸다.

"튀세!"

말이 채 끝나기도 전에 그의 신형이 반대쪽 어둠으로 빛살처럼 뻗어 나갔다. 남은 장로도 뒤돌아 움직이려는 순간 나직한 목소리가 들려왔다. 그러나 그 음성은 마치 천둥처럼 들렸다.

"귀찮게 하는군."

"허억!"

진정 놀랐다. 대체 언제 다시 자신의 곁으로 돌아온 것일까?

무루가 그를 흘낏 보며 호혈약을 내팽개치듯이 휙 던졌다.

쇄애액.

푸른 옥피리가 어둠을 격하고 날았다. 그리고 짧은 시간 후, 저 멀리서 비명이 일었다.

"으아아아아악!"

이제 홀로 남은 잔월궁의 장로는 전신의 맥이 풀려 주저앉고 말았다.

이 청년은 사람이 아니다. 어찌 사람이 이런 재주를 부릴 수 있단 말인가?

그런 그의 눈에 또 하나의 놀라운 광경이 들어왔다.

푸른 옥피리가 다시 돌아와 청년의 손에 쥐어지는 것이다.

십대고수 정도의 고수는 이기어검술(以氣馭劍術)이란 것을 펼칠 수 있다. 기로서 검을 조정하는 것이다.

그러나 실제로 이기어검을 펼치는 것은 드물다. 공력 소모가 너무나 크기 때문이다. 그리고 이기어검을 펼칠 수 있는 거리도 상당한 제약을 받는 것으로 알고 있다.

하지만 자신이 지금 본, 피리로 펼친 일종의 이기어검술은 상상력의 한계를 훌쩍 뛰어넘어 버렸다.

무루가 장로를 보고 말했다.

"잘 따라오도록."

장로는 힘차게 고개를 끄덕였다. 다른 아무것도 생각할 수가 없었다. 저 청년의 말에 거역하면 죽음이란 것 외에는.

맥이 풀렸음에도 불구하고 그는 이를 악물며 일어섰다. 호흡을 다시 정돈시키며 앞장 선 청년을 뒤따랐다.

3

유령귀의 출현에 이수린과 묵검은 놀랐다. 난데없이 사람이 네 명이나 등장했으니 말이다.

그러나 혈광비와 마붕권이 반기는 것을 보고는 안도의 한숨을 쉬었다.

자신들의 이목을 숨기고 있을 정도의 인물들이라면 분명 상당한 고수다. 그런 고수가 힘을 더한다면 상황은 나아질 것이기에.

이수린과 묵검의 그런 예측은 절반은 맞았고 절반은 틀렸다. 당분간 도움은 될 수 있을지언정 난국을 확실히 타개할 해법은 아니었다.

유령귀의 채찍은 야차와 같았다. 사정없이 다가오는 철강시들을 후려쳐 물러나게 만들었다.

긴 채찍은 사정권이 길어 철강시들과의 거리를 벌리는 데에 크게 일조했고, 덕분에 사람들은 한숨을 돌릴 여유가 생겨났다. 그러나 그것도 잠시일 뿐이었다.

처음엔 강기를 담은 채찍에 상처를 입은 철강시들이 머뭇거렸지만 시간이 흐르자 더욱 난폭해져 갔다.

혈광비가 답답하다는 듯이 외쳤다.

"원로님들! 저것들 몸뚱이는 아무리 쳐봐야 소용이 없습니다! 대갈통을 날려야 합니다!"

유령귀의 셋째 유령삼귀가 불편한 어조로 대꾸했다.

"누가 그것을 모르느냐? 하지만 놈들의 양팔이 머리 좌우로 있으니……."

채찍의 약점이었다.

호선을 그리며 길게 날아가기에 거리를 벌리고 싸울 수 있

그의 신위(神威) 53

다는 장점이 있다. 하지만 채찍으로 철강시의 머리를 정확히
찍어내는 것은 쉬운 일이 아니었다. 철강시들은 단순무식하
게 공격만 하는 것이 아니라 회피나 수비도 상당한 수준이었
다.

차아악, 착착.

그 와중에도 네 유령귀의 채찍은 번개처럼 움직이며 사방
의 철강시를 할퀴었다. 간혹 채찍을 피해 들어온 철강시들은
주로 묵검의 검과 마봉권의 권장이 밀어내거나 상대했다.

점차 그들 주변으로 철강시의 시신이 늘어나더니 어느새
이십여 구 가깝게 쓰러졌다.

주로 유령귀와 마봉권, 묵검의 합작이었다. 그 여섯이 숨
쉴 틈도 없이 전력을 다한 결과였다. 그러나 유령귀들의 채찍
에 어렸던 강기가 언제부터인지 눈에 띄게 흐려지기 시작했
다.

역시 공력의 손실이 문제였다.

반면 철강시의 숫자는 처음보다 훨씬 늘어났다. 대충 포위
를 이루고 있는 것만 해도 백여 구가 넘었고, 그 뒤로도 속속
철강시들이 몰려오고 있었다.

게다가 철강시들은 점점 더 황포해져 갔다.

"크르르르~"

"크아아아!"

미친 듯 고함을 지르며 달려드는 철강시들.

그런 철강시 중 하나의 목에 유령사귀의 채찍이 휘감겼다. 유령사귀는 힘껏 잡아당겨 놈의 목을 끊어버리려 했다. 그런데 그놈이 채찍을 잡고 버티는 것이 아닌가?

"이이, 감히 강시 따위가!"

유령사귀는 자존심이 상해 더욱 힘을 주었다. 내력이 빠르게 소진하자 조금씩 아끼려던 것이 화근이었다. 단숨에 끝장을 냈어야 하는데.

다른 철강시들이 팽팽하게 늘어선 채찍을 덥석덥석 잡아챘다.

유령사귀의 얼굴이 시뻘겋게 달아올랐다. 있는 힘을 다해 버텨봤지만 결국 한계에 다다랐음을 느끼고는 손을 놓을 수밖에 없었다.

"크윽. 쿨럭."

유령사귀가 허리를 숙이며 피를 토해냈다. 무리하게 내공을 바닥까지 끌어올리며 버티다가 진기를 진탕된 것이다.

그렇게 유령사귀가 방어하던 방향에 공간이 트이자 십여 구의 철강시가 그 틈으로 우르르 쏟아져 들어왔다.

"크르르르."

놈들이 내뿜는 붉은 안광이 터질 듯 빛났다. 유령이귀와 삼귀가 놀라 급히 채찍의 방향을 틀어 방어했다.

차아아악.

두 개의 채찍이 거침없이 철강시들의 동체를 난타했다. 그런데 더 흉포해진 철강시들은 몸이 찢겨지는 것도 아랑곳하지 않고 달려들었다. 물론 유령귀들의 공력이 많이 쇄진한 탓도 있었다.

이수린이 탄식하며 외쳤다.

"틀렸어요. 이젠 근접전이에요."

그녀의 말이 옳았다. 이미 거리의 이점은 사라졌다. 이런 상황에서 채찍을 고집하면 혼란만 가중되고, 허망하게 당할 수도 있었다.

유령귀들은 채찍을 회수하고는 허리의 검을 빼 들었다.

그들에게 철강시들이 까맣게 달려들었다. 주변의 나무에서 호시탐탐 기회를 노리던 철강시들도 가지를 박차고 허공으로 덮쳤다.

쩌어어어엉! 쨍쨍쨍! 펑, 퍼펑!

쇳소리와 폭음이 동시에 사방에서 일었다.

단숨에 세 구의 철강시 머리가 관통되거나 터져 나갔다. 하지만 숫자가 정말 많았다.

"끄윽!"

내상을 입은 유령사귀의 입에서 가장 먼저 단말마가 터졌다. 철강시의 긴 손톱이 유령사귀의 팔뚝에 긴 혈선을 만들더니 이내 목을 물어뜯으려 했다.

콰직!

마붕권의 주먹이 그런 철강시의 면상을 강타했다. 이번엔 혈광비의 비명이 허공 위를 날았다.

"아이고! 나 죽소! 나 좀!'

혈광비는 어쩔 줄 몰라 당황했다. 자신의 칼이 철강시의 손아귀에 잡혀 부러져 버린 것이다. 혈광비는 그야말로 미치고 환장할 지경이었다. 살수의 장점인 암기가 전혀 통하지 않는 괴물들이니 속수무책으로 밀렸다.

다행히 바로 옆에 있던 이수린이 급히 검으로 혈광비를 덮치는 철강시를 찔렀다.

찌이잉!

그녀의 검이 철강시의 관자놀이를 찔렀다. 검침이 약간 파고드는가 싶더니 이내 멈추고 말았다.

바닥난 공력.

결국 내력이 달린 탓이다. 그건 철강시를 더욱 광폭하게 만들었다.

"크아아아!'

철강시가 양팔을 마구 헤집었다. 그 팔에 혈광비와 이수린이 이마와 어깨를 얻어맞고는 뒤로 쓰러졌다. 맞은 곳의 옷 위로 붉은 핏물이 올라왔다.

묵검이 급히 넘어지는 이수린을 받치며 몸을 빙글 돌려 발차기를 했다.

파직!

그의 발이 정확히 이수린이 찔러 넣었던 검의 손잡이를 강타했다. 관자놀이를 관통하며 깊게 머릿속으로 파고드는 검.

철강시가 육중한 동체를 부르르 떨더니 털썩 쓰러졌다.

그 순간 쓰러지는 철강시의 뒤에서 새로운 철강시가 덮쳐왔다.

쨍강.

묵검의 칼이 부러졌다.

한편, 유령사귀를 돕고 그를 위해 한 걸음 앞으로 나선 마붕권은 연달아 두 구의 철강시 머리를 날려 버렸다.

그러나 묵혈마공의 과도한 사용으로 인해 진기가 부글부글 끓어오르더니 어느 한순간 내공의 공급이 툭 끊겨 버렸다.

"……!"

마붕권의 눈동자가 흔들렸다. 끊겨진 내력을 잇기 위해서는 약간의 시간이 필요했다. 억지로 급하게 공력을 일으키다가는 주화입마를 피할 수 없었다.

"젠장!"

그의 고함이 애처롭게 떨렸다.

마붕권의 변화를 눈치챈 유령사귀가 도움을 요청하기 위해 주변을 보았다. 그 순간 그의 얼굴이 참담해졌다.

피로 물든 사형들의 모습.

유령이귀는 이미 자빠진 채 숨을 헐떡거리고 있었다. 허벅지에 깊은 상처를 입은 것이 보였다. 그런 유령이귀의 앞에서 일귀와 삼귀가 처절하게 맞서고 있었다.

이수린과 묵검 그리고 혈광비는 더 위태로웠다.

지금 바로 셋의 목숨이 끊어진다고 해도 당연할 만큼 그들은 악전고투를 벌이고 있었다.

부러진 칼을 휘두르고 찔러대는 그들의 모습은 안쓰러울 지경이었다.

"끝인가?"

유령사귀는 자조의 웃음을 흘렸다.

허망하다는 생각이 들었다.

난데없이 등장한 괴물들. 강시 따위와 싸우며 쓸쓸히 죽어갈 것이라고는 한 번도 생각해 본 적이 없다.

그때였다.

길고 높은 휘파람 소리가 들려온 것은.

"휘이이익―!"

단순한 휘파람이 아니었다.

뭔가 심장을 뜨겁게 달구는 것만 같았다. 그제야 유령사귀는 한 사람의 존재를 생각해냈다.

한무루!

숨 돌릴 틈도 없이 이어지는 악전고투에 그를 생각할 촌각마저 주어지지 않았다.

무루가 자신들을 구해낼 수 있을지는 미지수였다. 그러나 유령사귀는 태어나 처음으로 누군가의 능력을 간절히 믿고 싶었다.

휘파람 소리 때문일까, 아니면 그 소리 안에 담겨진 기의 파장 때문일까?

철강시들이 사나운 동작을 멈추고 그 소리가 나는 곳을 향해 일제히 고개를 돌렸다.

그것은 아주 짧은 시간이었다.

찰나의 순간을 다시 짧게 나눈 순간.

그리고 사람들은 보았다.

저 멀리에서 어둠을 꿰뚫고 쇄도해 오는 푸른빛을.

그건 벼락이었다.

하늘에서 떨어지는 것이 아닌 숲에서 솟구치는 섬전이었다.

쇄애액!

멀리서 보였던 푸른빛이 어느 순간 사람들의 눈앞에 당도했다. 그리고 주변을 한 바퀴 휘돌았다.

콰지지지직!

사람들을 에워싸고 있던 철강시들이 으깨지고 산산이 부서졌다.

그리고 또 한 바퀴, 또 한 바퀴.

부서지는 철강시 동체의 파편이 또다시 부서지며 푸른빛에 흡수되었다.

그렇게 계속 푸른빛이 사람들의 주변에서 일렁이며 빙글빙글 돌았다, 서서히 간격을 넓혀가며.

그것은 빛의 향연이었다.

사람들 주변을 휘도는 푸른빛은 어느새 하나의 거대한 장막으로 변했다.

세상이 온통 맑은 비취빛이었다.

어둠이 사라지고 푸른빛만 사방에서 어른거렸다.

이수린은 어깨의 부상도 잊고는 탄성을 흘렸다.

"아아! 아름다워!"

사람들은 그녀의 말에 심히 공감하며 고개를 주억거렸다.

꿈결 같았다.

자신들이 죽어 극락에 와 있는 것 같았다.

서서히 빛의 향연이 줄어들기 시작했다. 그리고 마침내 주변의 광경이 사람들의 눈에 들어왔다.

허공에 두둥실 떠 있는 옥피리 하나.

그리고 사방에 갈기갈기 찢겨진 철강시들.

십여 장 밖에 있던 수십여 구의 철강시들은 우왕좌왕하며 어쩔 줄 몰라하고 있었다. 사람이 아닌 그 괴물들도 이 상황을 받아들이지 못하고 있음이었다.

호혈약을 본 마붕권이 감격에 차 부르짖었다.

"주군!"

허공에서 하나의 그림자가 내려섰다.

땅에 착지한 무루가 허공에 떠 있는 호혈약을 회수하고는 머리를 긁적였다.

"미안. 좀 늦었군."

혈광비가 털썩 주저앉으며 외쳤다.

"대체 왜 이제야 오신 겁니까?"

다친 사람은 있으되 생명의 경각에 달한 자는 없음을 확인한 무루가 빙그레 웃었다.

"뭐… 나는 자네들이면 충분히 강시쯤은 감당할 수 있을 거라고 생각했지."

"강시쯤이라고요? 이건 강시왕이란 철강시라고요. 그리고 숫자가 얼마나 많은지……."

혈광비의 말은 계속될 수가 없었다. 떨어져 있던 철강시들이 다시 달려든 탓이었다.

무루는 혈광비 쪽과 유령귀 쪽으로 달려드는 철강시들을 물끄러미 보며 대꾸했다.

"잔월궁의 살수들을 잡아오느라고 좀 늦었다."

그러면서 그는 주먹 하나를 휘둘렀다.

무적야수포.

천천히 휘두르는 주먹이었건만 공기는 세차게 출렁거리며 퍼져 나갔다. 잔 파도였던 권풍이 어느새 거대한 폭풍이 되어 달려오는 철강시들을 덮쳤다.

"크어어어……."

비명과 함께 이십여 구의 철강시가 떡이 되어 뒤로 끝없이 날아갔다. 몇 개의 나무들을 뭉개고 나서야 멈춰 선 철강시들.

그들은 머리가 파괴되지도 않았는데 꼼짝도 하지 않았다. 그들의 내부를 지배하는 사기(死氣)가 산산이 흩어져 버린 탓이었다.

원래 숲 속의 작은 공터였던 이곳은 이제 주변의 나무들이 모두 쓸려 나가 꽤나 널찍한 광장처럼 변해 버렸다.

마치 거대한 태풍이 지나간 자리 같았다.

그제야 사람들은 침묵했다.

방금 전 보여준 호혈약의 위력은 너무도 난데없어서 현실성이 없었다. 그러나 시간이 조금 흐르니 이제야 무루의 신위가 점차 머릿속에서 깨어났다.

그를 잘 알고 있었던 마붕권과 혈광비도 목젖만 꿀렁거렸다. 어느 정도 알고 있다 생각했던 유령귀들도 무루가 자신과 적이 아닌데도 몸을 떨었다.

묵검은 멍한 표정으로 무루를 보았고, 이수린은 고개를 절레절레 저었다.

잔월궁주를 업은 덩치 큰 장로가 부들부들 떨면서 조용히 그들 안으로 들어섰다.

第三章
무루, 적검왕을 만나다

절대
고수

絶代
高手

1

　무루를 바라보는 이수린의 눈빛이 묘하게 변해 있었다.

　사실 그녀가 무루에게 접근한 것은 우연이 아니었다. 황금
련주인 금왕의 요구에 의해 치밀하게 계산된 것이었다.

　호광칠패 중 하나인 봉황문이 사십오 년 전, 마교의 칠차
침공으로 인해 멸문에 가까운 큰 피해를 딛고도 빠른 시간에
일어설 수 있었던 것은 황금련의 은밀하면서도 전폭적인 지
원에 의해 가능했다.

　하여 무루에게 접근, 수단과 방법을 가리지 않고 포섭하라
는 금왕의 주문을 봉황문은 거절할 수 없었다.

　금왕에 의해 무루에 관한 많은 정보 그리고 그의 마음을 사

로잡을 수 있는 최선의 방법이 봉황문에 전달됐다. 그리고 학봉 이수린은 자신을 희생해 봉황문의 성세를 잇기로 결심했다.

그러나 지금 그녀의 마음은 거친 풍랑에 휩싸였다.

안에서 확인한 그의 인품 그리고 방금 지켜본 절대적인 무위.

세상에 완벽한 사람은 없다고 생각했다.

하지만 그녀의 생각은 지금 깨져 나갔다.

여기에 있었다.

어떤 것에도 흔들리지 않고 앞으로 나아갈 사람이.

절대고수가 말이다.

두근, 두근두근.

그녀의 심장이 거칠게 떨렸다. 얼굴이 홍시처럼 붉게 달아올랐다. 한 번도, 단 한 번도 남정네 때문에 가슴이 뛴 적이 없는 그녀의 가슴이 잠에서 깨어났다.

두려움이나 공포를 모르는 그 괴물들이 마침내 공격을 멈췄다.

놀라운 광경이었다.

그것들이 멀찍이 떨어져 감히 다가오지 못하고 눈치를 살피기 시작했다.

무루가 다시 허공으로 띄운 호혈약을 보며 중얼거렸다.

"효과가 있군."

호혈약에 호령초를 둘둘 말아 묶고는 주변 공간을 천천히 돌게 한 것이 주효한 것이다.

무루의 뒤를 따라 도착한 잔월궁 장로가 무루의 눈치를 보며 입을 열었다.

"저는 무엇을……."

주눅이 들어서인지 말조차 제대로 잇지 못했다. 혈광비가 살수 특유의 기를 느끼고는 무루에게 물었다.

"잔월궁입니까?"

"기절해 업혀 있는 자가 잔월궁주요."

무루는 모두를 잠시 훑다가 말했다.

"몸에 난 상처는 내상부터 다스리고 치료하는 것이 좋겠군. 모두 가부좌를 취해주시오."

사람들은 화들짝 놀랐다. 물론 자신들은 운기조식이 절실했다. 하지만 적지 않은 시간이 필요할 터였다. 그런데 철강시들에게 둘러싸인 지금 모든 위험을 무루에게만 일임하는 것이 미안했다.

이수린이 입을 열었다.

"먼저 적당한 은신처를 찾는 것이 좋겠습니다."

무루가 곧바로 대답했다.

"적당한 동굴 하나를 봐둔 것이 있소. 그러나 먼저 여러분의 몸 상태부터 일부 회복시켜 두어야겠소. 내가 볼일이 또

있는지라……. 시간이 많지 않으니 일단 내 말에 따라주시
오."

무루의 말에 마붕권이 가장 먼저 가부좌를 틀었고, 혈광비
가 따랐다. 그리고 유령귀까지 자리에 앉자 묵검과 이수린이
서로 마주 보다가 어깨를 으쓱하고는 앉았다.

그 순간, 자리한 여덟 사람의 어깨가 움찔 흔들렸다.

막대한 기운이 그들의 정수리와 명문혈, 경맥을 통해 거침
없이 파고들었다.

무루가 말했다.

"주변 나무[木]의 기운, 숲의 기운, 생명의 기운이오. 당신
들이 익힌 내공심법이 어떻든지 간에 조화를 이룰 것이니 거
부하지 말고 받아들이시오. 그 흐름에 따르시오."

가부좌를 한 팔 인은 경악하면서도 무루의 말에 따랐다. 아
니, 따를 수밖에 없었다. 이미 시작된 것을 거부하거나 저항
하면 뒤따르는 건 파국뿐이다.

처음에는 머리가 상쾌해지는 것을 느꼈다. 부상과 내상으
로 인한 고통이 저 멀리 사라졌다. 그리고 청량한 기운이 혈
도를 따라 몸속을 질주했다.

창백하고 초췌하던 그들의 안색이 눈에 띄게 밝아지는 모
습에 잔월궁의 장로는 기절할 지경이었다.

운기조식을 하거나 그를 돕는 사람은 말을 할 수 없을뿐더
러 외부와 완전히 단절되는 법이다.

그런데 무루는 한 명도 아닌 무려 여덟 명의 운기조식을 돕고 있었다. 그 와중에 말도 했다. 그리고 그 와중에 푸른 옥피리를 허공에서 빙글빙글 돌리는 이기어검술을 시전하고 있었다.

장로는 두려움을 넘어 무루를 경외하기 시작했다.

일각 정도 지나자 무루가 서서히 기운을 줄이며 말했다.

"대충 급한 내상은 다 치료됐을 것이니 마무리하겠소. 아쉽겠지만 동굴로 이동한 후에 서로 번을 서 다시 운기조식을 하시오."

곧 한 명씩 눈을 떴다.

눈을 뜨고 무루를 바라보는 그들의 눈에 경악과 불신의 빛이 떠올랐다.

겨우 일각의 시간이었다. 그런데 그렇게 들끓던 진기가 가라앉은 것은 물론 몸과 마음의 상쾌함이 이루 말할 수 없었다. 몸에 입은 부상까지 잊을 정도로 말이다.

그들은 자신들이 기연을 얻었음을 간파했다.

동굴로 가서 제대로 운기조식을 끝내고 나면 내공이 상당 수준 올라갈 것임을 알았다.

묵검이 일어나서는 무루를 향해 허리를 깊이 숙였다.

그가 할 수 있는 최고의 예였다.

다른 이들도 그를 따라 하려는 순간 무루가 손짓을 했다.

보이지 않는 잠력이 일어나 모두의 허리를 제자리로 위치시켰다. 묵검은 저항하려 했으나 곧 씁쓸한 웃음을 지어야 했다.

상대할 수 없는 힘이었다.

힘이 크고 작은 문제가 아니었다. 무루의 힘은 그가 가지고 있는 공력의 정체가 무엇인지 몰라도 자신의 기를 뚫고 들어와 어루만졌다.

묵검의 눈동자에 이는 파문.

'이 사람은… 신선인가?'

신선이 아니고 사람이라면 이자는 모든 무림인들이 꿈꾸는 이상향, 절대고수이리라.

무루는 앞장서 이동을 시작했고, 사람들이 그 뒤를 따랐다. 그리고 그들 주변으로 호혈약이 호위를 했고, 멀찍이 떨어져 철강시들이 호시탐탐 기회를 노렸다.

동굴은 과히 크다고 할 수는 없었다. 하지만 열 명 정도는 충분히 수용할 공간이었다.

이동해 오면서 잔월궁과 호령초에 관련한 이야기를 짤막히 하고, 원래 철강시의 목표는 다른 자들인데 그들에게 한번 가보겠다는 말을 한 무루는 곧장 어둠 속으로 사라졌다.

혈광비는 잔월궁 장로의 마혈을 짚고는 그와 잔월궁주가 지니고 있는 호령초를 빼앗아 마붕권과 나누었다. 그리고 둘이 동굴의 입구를 막자 철강시들이 감히 동굴로 접근하지 못했다.

마붕권이 안에 있는 자들을 향해 씩 웃으며 말했다.

"먼저들 운기조식을 하시오. 대주천을 하기엔 시간이 무리이니 소주천으로 공력을 정돈하는 것이 좋을 듯하오."

이수린이 감사의 표시로 고개를 숙였다 올리고는 봇짐에서 금창약을 몇 개 꺼냈다.

"일단 몸의 부상에 약을 바르지요."

상처 입지 않은 사람이 없는지라 모두가 약을 나눠 발랐다. 이수린이 동굴 입구의 마붕권에게 다가가 금창약을 건네주며 자연스럽게 물었다.

"대체 한 공자님은… 얼마나 강하신 거죠?"

약을 바르던 사람들이 일제히 동작을 멈추고 마붕권의 입을 향했다. 마혈이 짚여 고개만 움직일 수 있는 잔월궁의 장로까지.

마붕권이 대소했다.

"크허허허. 주군의 강함이라……. 이 정도라고 생각하면 저만큼 가 있는 분이외다. 내가 주군을 처음 보았을 때 그리고 주군으로 모시기로 했을 때, 마지막으로 지금. 볼 때마다 차원이 다르오."

그도 모른다는 말이다. 혈광비가 말을 받았다.

"한 가지 확실한 점은 그분과 적이 된다는 건 재앙이라는 것 아니겠습니까? 솔직히 말하자면 예전에 그분에게 아주 개처럼 얻어터진 적이 있는데……. 그때는 정말 분해서 반드시 복수하겠노라 이를 박박 갈았는데, 지금은 이렇게 그분과 함께하니 정말 다행이고 천행이라 생각하고 있지요. 휴우, 정말 그분과 적으로 남았다면……. 생각만 해도 끔찍합니다.”

마붕권이 연방 웃음을 터뜨렸다. 모든 이들이 자신이 모시는 주군을 감탄과 경외의 시선으로 보고 있는 것이 왠지 뿌듯했다.

“크하하하! 간만에 네가 마음에 드는 말을 하는구나. 맞다. 더불어 내 평생 최고의 선택은 그분을 주군으로 모셨다는 것이지. 크하하하!”

삭막한 유령귀들의 얼굴에도 미소가 떠올랐다.

그 사람이 자신들이 모시는 살문의 주인 흑살과 친우라는 사실이 이 순간 더없이 자랑스러웠다.

반면 이수린과 묵검의 눈빛은 왠지 모르게 착잡하게 가라앉았다.

자신들이 계획적으로 접근했다는 것을 그가 알면 어떻게 될 것인가?

이수린과 묵검의 시선이 마주쳤다.

둘 다 눈빛으로 같은 것을 말했다.

계획을 수정해야 한다는.

그러나 쉽지 않은 일이었다.

황금련의 주인인 금왕 역시 보통 인물이 아니었다.

선택의 기로에서 이수린은 갈등에 빠졌다.

2

"인(寅)! 인아! 아아아⋯⋯!"

적검왕의 입에서 탄식이 흘렀다.

십이지신(十二支神)의 호칭을 따서 이름을 붙였던 자신의 열두 제자, 은검지의 전사!

한 명 한 명이 십대고수를 능가하는 고수로 성장했지만 그들이 하나씩 목숨을 잃었다. 그리고 이제 남은 넷 중에 인이 또 쓰러졌다.

호랑이처럼 용맹무쌍해서 인이라는 이름을 주었다.

"사부님! 끝까지 함께하지 못해서 죄송⋯⋯."

말조차 끝맺지 못하고 쓰러지는 인의 눈에서 피눈물이 흘렀다. 그것을 바라보는 적검왕의 눈에서도 피눈물이 흘렀다.

그리고 남은 세 제자 축(丑:소), 묘(卯:토끼), 진(辰:용)도 울었다.

소리 없는 오열.

만신창이가 된 세 제자는 울면서도 검을 휘둘렀다.

끊임없이 달려드는 철강시들을 죽이고, 부수고, 때리고, 밀친다.

그러면서도 이동을 멈추지 않았다.

비록 한 걸음 앞으로 내딛는 것도 어려운 지경이었지만 그래도 그들은 조금씩 전진했다.

목적지가 어딜까?

천라지망을 벗어난 안전한 곳이다.

잠깐이라도 누워 눈을 붙일 수 있는 곳.

식은 죽이라도 한 그릇 있으면 더할 나위 없이 좋을 것이다. 그런 곳이라면 어디라도 좋았다.

칼을 휘두르는 팔보다 눈꺼풀이 더 무거웠다.

내력이 바닥난 지 이틀째.

그럼에도 불구하고 그들은 싸웠고 버텼으며 도주했다.

이가 듬성듬성 빠진 칼.

내기가 전혀 실려 있지 않은 칼.

그런 칼인데도 철강시들이 서걱서걱 베어졌다.

그 칼엔 의지가 실렸다.

지난 수십 년 뼈를 깎는 듯한 수련의 정수가 담겨 있었다.

그러나 무릇 모든 것에는 한계가 있었다.

지금 남은 적검왕과 세 제자는 이미 그 한계를 훌쩍 넘어 정신력으로만 버티고 있었다.

그리고 그 넷은 알고 있었다.

의지와 정신력.

이마저도 이제 끝이라는 것을.

"쿨럭."

적검왕이 검붉은 피를 토해냈다. 그의 등과 가슴에 새겨진 깊은 상처 위로 핏물이 주르륵 흘렀다.

무림의 전설인 그가 울면서 피를 토하고 있었다.

축!

덩치가 소만큼이나 장대하고 성정이 우직해 붙여진 그의 이름.

열두 제자 중 유일하게 검이 아니라 도를 사용하는 그의 등에 적검왕이 업혀 있었다.

"사부님, 정신을 잃으시면 안 됩니다. 어떻게 해서라도 사부님은 살릴 것입니다. 사부님!"

그건 외침이 아니라 차라리 절규.

묘!

유일하게 여인으로 적검왕의 제자 중 막내다.

그녀의 나이 스물일곱.

다른 제자들이 모두 오륙십 줄인데 비해 그녀는 훨씬 어렸다. 그 이유는 원래 묘라 불린 은검지의 전사가 십 년 전 죽었기 때문이다.

가장 늦게 들어왔으나 적검왕이 고른 인물답게 무섭게 성장을 한 그녀다.

그녀의 고운 눈망울에 눈물과 함께 독기가 어렸다.

"진 사형, 대사형이 축 사형의 앞으로 가세요."

축이 반나절 가깝게 적검왕을 업고 이동한지라 체력이 고갈됐음을 의식한 말이다.

그러나 진은 고개를 저었다.

진!

열두 제자 중 맏이인 대사형이다.

"축보다 네가 더 위험하다."

"저는 아직 버틸 수 있어요."

"너도 너지만 후위가 흔들리면 전진할 수 없다."

진의 말에 묘는 피딱지가 묻은 입술을 깨물었다. 대사형의
말이 옳았다.

슈캉, 쩽쩽쩽!

끊임없이 이어지는 쇳소리.

언제부터인지 자신들은 철강시들을 죽이지 못하고 있었
다. 그저 상처를 입히고 밀어내는 것이 고작이었다.

"하아, 하아……."

숨 쉬는 것조차 힘들었다. 편하게 숨 한번 쉴 수만 있다면.

그때 축의 업혀 있던 적검왕의 입술이 열렸다.

"이동을 멈춰라!"

조금씩 전진하던 축이 도를 휘두르며 대답했다.

"사부님, 포기하지 마십시오."

"됐다. 이젠 됐다."

"……."

"마지막을 제자 등에 업혀 볼썽사납게 죽고 싶지는 않다."

"사부님!"

진과 묘도 안타까움에 부르짖었다.

그러나 세 제자도 현실을 알고 있었다.

결국 축이 멈추고 적검왕이 내려섰다.

세 제자는 적검왕을 중심으로 품(品) 자 형태로 섰다.

적검왕은 호흡을 고르며 주변을 훑었다. 그의 육신은 망가질 대로 망가졌지만 눈빛만큼은 여전히 매서웠다.

그가 버럭 고함을 질렀다.

"정녕 내가 강시들에 찢겨 죽기를 바라는가? 너희들은 이렇게 무력해진 내가 아직도 두려운 것인가?"

그 호통이 끝나고 잠시 후, 허공 위로 긴 호곡성이 일었다.

삐이이이익!

사슴뿔로 만든 명적에서 나온 소리가 장군산의 골짜기를 흔들었다. 그러자 철강시들이 마침내 공격을 멈추고 제자리에서 으르렁거렸다.

적검왕의 세 제자가 가쁜 숨을 내쉬며 어깨를 들썩였다. 이대로 주저앉고 싶은 마음이 굴뚝이었다.

어둠 속에서 한 무리의 사람이 쏟아져 나오자, 그 주변의 철강시들이 좌우로 갈라졌다.

나타난 자들은 염천대였다.

그 선두에는 전날 적검왕의 등을 찔렀던 염천대주가 있었고, 삼백에 가까운 수하가 뒤를 이었다.

애꾸인 염천대주가 누런 이를 드러내며 웃었다.

승리자의 미소.

"이제야 목을 바칠 마음이 든 건가?"

적검왕이 참담한 얼굴로 대꾸했다.

"내 제자들을 살려줘라. 그러면 순순히……."

염천대주가 얼굴을 와락 구겼다.

"적검왕! 지금 네가 우리와 타협할 수 있다고 생각하는 건가?"

"나는… 적검왕이다."

그 말은 묘한 설득력이 있었다.

무림인들에게 전설의 인물인 그.

분명 그의 한마디는 이 와중에서도 힘이 있었다. 그러나 염천대주는 콧방귀를 꼈다.

"흥. 이빨, 발톱 다 빠진 늙은 호랑이일 뿐이지."

적검왕이 눈을 감으며 탄식했다. 그런 그가 서서히 무릎을 굽혔다.

"……!"

강시를 제외한 모든 사람의 눈이 화등잔만 해졌다.

적검왕!

그가 무릎을 꿇다니!

세 제자가 울분에 찬 목소리로 절규했다.

"사부님!"

"일어나십시오. 안 됩니다."

"제발 일어서십시오."

염천대주는 묘한 흥분감에 휩싸였다.

세인들에게 고금제일고수라 불리는 이가 자신에게 무릎을 꿇다니. 말로 형용하기 어려운 환희가 그의 전신을 휩쓸었다.

그건 하나의 격동!

적검왕이 염천대주를 향해 말했다.

"내 제자들의 단전을 폐쇄하겠네. 그리고 나는… 너희들이 원하는 대로 하겠네."

세 제자의 눈에서 또다시 피눈물이 흘렀다. 그들의 오열이 허공을 울렸다.

그러나 적검왕은 묵묵히 자신의 말을 이었다.

"내 시신보다는 살아 있는 나를 노야께 바치는 것이 더 큰 공이 아니겠는가?"

염천대주는 흥분으로 어깨를 들썩이며 침묵했다. 자신들에게 주어진 명은 적검왕의 수급을 가져오라는 것이었다. 그러나 생포한다면 더 큰 공일 수도 있겠다는 생각이 들었다.

그리고 세 명의 은검지 전사들의 단전을 폐쇄시킨다면 저들을 신경 쓸 필요도 없을 것 같았다. 아니, 단전을 폐쇄시킨 후 풀어주고 몰래 뒤따라가 죽이면 간단한 일이 아닌가?

그가 어떻게 할까 저울질하는 동안 적검왕이 세 제자를 향해 말했다.

"울지 마라. 그리고 너희들은… 모든 것을 잃고 야인으로 평범하게 살거라."

"사부님. 흑흑."

"미안하구나. 내 부질없는 꿈에 너희를 희생시킨 것이. 다 미망인 것을. 조금만 더 빨리 결단했다면 다른 녀석들도 살릴 수 있었을 터인데. 자, 인, 사, 오, 미, 신, 유, 술, 해, 그 녀석들에게 미안해 어쩌나?"

그의 뺨 위로 눈물이 주르륵 흘렀다.

묘가 적검왕 앞에 엎드려 외쳤다.

"어찌 부질없는 꿈이라 하십니까? 사부님이 계셔서 천하가 지옥에 빠질 것을 막아온 것입니다. 저는 그런 사부님을 모실 수 있어 자랑스러웠습니다. 사부님과 함께할 수 있어서 행복했습니다."

"결국… 막지 못했지 않느냐? 조금 지연시켰을 뿐. 그저 한바탕 재미있는 꿈을 꿨다 생각하자꾸나."

"사부님……."

진과 축도 적검왕의 좌우에 엎드려 눈물을 쏟아냈다. 적검왕은 모든 것을 버린 얼굴로 염천대주를 향했다.

"내 거래에 응하겠는가?"

미간을 좁힌 상태로 생각에 골몰하던 염천대주가 고개를 끄덕이려는 순간이었다.

"그건 아니 되지."

염천대의 뒤쪽에서 들려오는 목소리.

염공이었다.

염천대가 화들짝 놀라 그에게 길을 터주었다.

염천대주는 숨을 들이켜며 공손히 그를 맞았다.

염공이 거침없이 앞으로 나섰고, 그 뒤를 철공이 거대한 도끼를 든 채 느릿느릿 걸어왔다.

염공이 염천대주를 쏘아보며 말했다.

"네가 감히 그런 결정을 할 수 있는 위치더냐?"

염천대주는 모골이 송연해졌다.

"죄, 죄송합니다. 속하는 그저 적검왕을 염공께 살려 바치려 했을 뿐입니다."

철공이 키득거리며 거친 쇳소리로 끼어들었다.

"뭐, 어쨌든 잘된 거잖아. 너는 직접 검공, 아니지, 적검왕의 목을 치고 싶어서 부랴부랴 달려왔으니."

함께 가자는 홍월을 놔두고 먼저 급히 달려온 염공이었다. 적검왕의 최후를 비루먹은 강시들에게 뺏기기 싫어서였다.

염공은 적검왕을 보며 만족스러운 미소를 머금었다. 저 도도한 인간이 무릎 꿇고 있는 것이 보기에 너무나 좋았다.

"네 거래에 대해 내가 답을 주지."

염공과 적검왕의 시선이 허공에서 부딪쳤다. 적검왕은 이를 질끈 깨물고는 자리에서 일어났다.

염공의 눈에 불꽃이 일었다.

"다시 무릎을 꿇어라."

"너에게서 나올 대답을 알고 있는데 굳이 그럴 필요가 있을까?"

"글쎄, 네가 무릎 꿇고 간절히 청한다면 내 생각이 바뀔 수도 있지 않을까?"

"……."

"또한 네 성의가 만족스럽다면 나는… 네 제자들을 살려 보내줄 수도 있고. 굳이 단전을 폐쇄하지도 않고 말이야."

이를 악문 적검왕의 눈동자가 흔들렸다. 염공의 말이 이어졌다.

"네 제자들의 목숨보다 네 무릎이 더 비싸단 말인가? 이미 염천대주에게 한 번 꿇었던 그 무릎이?"

적검왕의 안면근육이 부들부들 떨렸다. 그리고 그가 마침내 몸을 낮추려는 순간 진이 양 어깨를 잡았다.

"아니 됩니다, 사부님. 더 이상의 굴욕은 제가 볼 수가 없습니다."

축이 거들었다.

"제자들에게도 명예롭게 죽을 기회를 주십시오."

묘도 적검왕의 앞에서 고개를 저었다.

"또 무릎을 꿇으신다면 제가 혀를 깨물고 자진할 것입니다."

적검왕은 하늘을 우러러 탄식했다.

"모든 것이 끝이로다. 정의와 협이 사라지고 피만 넘쳐나는 세상이 올 터. 천하가 피로 잠길 터인데 이깟 무릎 따위가 무슨 의미란 말이냐?"

습막으로 뿌연 적검왕의 눈에 환영이 보였다.

까만 하늘.

두둥실 떠 있는 달과 촘촘히 박혀 있는 별들.

그리고 허공에 떠 있는 흑의의 한 청년.

적검왕의 입가에 슬픈 미소가 어렸다.

"저승사자가 날 기다리고 있구나."

그런데 저승사자가 불쑥 입을 열어 말을 건네왔다.

"귀하께서 정말 적검왕이십니까?"

"……!"

모두가 자신의 귀를 의심했다. 그리고 일제히 위로 올라가는 그들의 고개.

그들은 이제 귀뿐만 아니라 자신의 눈까지 의심했다.

3

모두가 입도 벙긋 못했다.

정말 저승사자일까라는 말도 안 되는 상상을 하는 이가 속출했다.

그러지 않고는 지금의 상황을 누구도 만족스럽게 설명할

수 없었다.

비록 공력이 바닥나고 만신창이가 된 적검왕과 그 제자들이라 해도 여전히 뛰어난 기감을 소유하고 있었다.

모두가 일류고수들인 염천대원과 초절정고수인 염천대주까지는 그렇다고 쳐도 염공과 철공이 함께 자리하고 있었다.

그런데 그들 중 어느 하나 무루가 허공 위에서 자신들을 내려다보고 있음을 깨닫지 못했다.

무루가 허공을 천천히 내려섰다. 그 모습에 염천대주가 눈을 치켜뜨며 외마디 탄성을 질렀다.

"천상제(天上梯)!"

허공을 계단 밟듯이 오르고 내리는 경신술이다.

현 강호의 알려진 고수들 중에서 천상제를 펼칠 수 있는 자는 없었다. 십대고수인 무신들조차도 말이다.

다만 이곳에 있는 적검왕과 염공, 철공은 그것을 펼칠 수 있었다.

그러나 그 셋은 속으로 생각했다.

자신들도 저렇게 물 흐르듯이 천상제를 펼칠 수 없음을 말이다. 그리고 펼칠 수 있어도 실제로 쓰지는 않는다.

그림의 떡이라고 할까?

이기어검술처럼 너무나 많은 공력을 잡아먹고, 세심한 부분까지 신경 써야 하기에 오히려 위험해질 수가 있었다.

운기조식을 취하는 동안에 가질 수 있는 위험과 같은 것인데, 이기어검이나 천상제를 펼치는 동안에 기습을 받게 된다면 가진 능력을 제대로 써보지도 못하고 허망하게 쓰러질 공산이 높은 탓이었다.

그러니 적검왕과 염공, 철공의 눈에는 갑자기 나타난 무루가 엄청난 공력의 소유자이긴 하나 세상 물정을 잘 모르는 풋내기처럼도 보였다.

철모르는 어린아이가 막대한 황금을 가지고 어찌 써야 할지 모르는 것 같은 모습이었다.

그럼에도 불구하고 지금 무루의 모습은 놀람과 경악 그 자체였다.

땅으로 착지하는 무루를 보며 염공이 물었다.

"네놈은 누구냐?"

무루가 어깨를 으쓱하며 답했다.

"한무루."

얼마 전 잔월궁 인물들이 취했던 표정이 얼굴에 고스란히 드러났다.

황당함.

염공이 눈에 쌍심지를 켜고는 다시 물었다.

"네 정체를 말하란 말이다."

무루가 엷은 한숨을 내쉬고는 중얼거렸다.

"빌어먹을. 모두가 내 정체를 묻는군. 정체를 하나 만들어야 하는 건가?"

그 말에 염천대의 몇몇이 '킥!' 하는 웃음을 터뜨리고 말았다. 수하들의 실책에 당황한 염천대주가 괜히 목청을 높였다.

"놈! 네 사문이 어디냔 말이다!"

"말해도 모를 거야."

새파랗게 젊은 놈이 반말을 찍찍 내갈긴다. 염천대주의 눈에 살기가 어렸다.

"말해라. 그렇지 않으면 죽는다."

무루가 물끄러미 염천대주를 보았다. 그 순간 염천대주는 뜻 모를 한기에 휩싸여 몸을 부르르 떨었다.

가슴 한구석이 서늘해졌다.

무루가 피식 웃고는 고개를 저었다.

"당신에게는 그럴 능력이 없어. 물론 당신뿐만 아니라 여기 있는 그 누구도 마찬가지지만."

모욕을 당했다 생각한 염천대주가 앞으로 나섰다.

"감히!"

그가 그러든 말든 무루는 적검왕을 향해 고개를 돌렸다. 아니, 아예 몸까지 틀어 염천대주에게 등을 보였다.

그 오만한 몸짓에 달려나가려던 염천대주는 기가 막혀 멈췄다.

무루는 조금 전 허공에서 적검왕에게 했던 질문을 다시 던졌다.

"어르신이 정말 적검왕이십니까?"

적검왕은 어떻게 답해야 할지 몰랐다. 무루가 다시 물었다.

"그러니까 내가 알고 있는 그리고 세상이 모두 알고 있는 고수, 광원평에서 홀로 마교와 대적한 그 고수가 맞습니까?"

묘가 대신 답했다.

"맞다. 이분이 바로 그분이시다."

뭐랄까?

대단한 자부심이 한껏 묻어나는 음성이었다. 어쩌면 그건 생사의 마지막 순간을 당당하고 싶었던 무의식의 발현일지도 몰랐다.

무루가 고개를 갸웃거리다가 또 물었다.

"그런데 왜 여기에서 이 지경입니까?"

참으로 얄궂은 질문이었다. 그 말에 진, 축, 묘의 얼굴이 붉으락푸르락 변했다. 그들은 자신들이 지금 처한 상황도 잊을 지경이었다.

무루는 자신의 말이 지나쳤음을 깨닫고는 질문을 수정했다.

"아! 그러니까 제 말은, 많은 강호인들이 적검왕을 그리워하는데 여태 어디에 계셨냐는 말입니다. 그리고 지금 여기서 벌어지고 있는 일은 대체 무슨 상황인지……."

지켜보던 염공이 이를 부드득 갈았다.

"대체 지금 이게 뭔 일이란 말이냐?"

마치 뭔가에 홀린 것 같았다. 그렇지 않고서야 갑자기 이런 어색한 경우가 발생할 수 없었다.

철공도 특유의 쇳소리로 키득거렸다.

"큭큭큭. 정말 재미있는 상황이군. 나중에 빙공이나 사형들에게 말해주면 배꼽깨나 잡겠어."

염공, 철공의 말에 모두의 최면이 깨어났다. 다시 살벌한 기운이 흐르는 전장으로 돌아왔다.

염공의 명이 떨어졌다.

"염천대주! 저 빌어먹을 놈을 치워라!"

"존명!"

허리를 숙여 급히 대답하는 염천대주의 머릿속은 선택의 기로에 직면했다.

자신이 직접 나설 것인지, 아니면 수하를 부릴 것인지, 그도 아니면 철강시를 이용할 것인지.

고개를 든 그의 입에서 나온 명은 결국 철강시였다.

현 상황이 어떤 것인지 천지 분간도 파악 못하는 풋내기라 해도 천상제를 펼칠 수 있을 정도의 고수다. 그런 고수에게 자신이 직접 부딪치는 것은 결과를 장담하기 어렵다.

또한 자신은 그동안 이백 가까운 수하를 잃었다. 더 이상의 수하를 잃기는 꺼려졌다.

그는 손에 든 명적을 들어 불고는 손가락으로 무루를 가리켰다.

삐이익―!

짧은 호곡성에 멈춰 있던 철강시들이 어슬렁거리며 무루를 향해 다가들었다. 그러나 일정 거리까지 다가온 철강시들이 오만상을 쓰며 접근하지 않았다.

그 상황에 염천대주가 당황하자 무루가 씩 웃으며 돌아섰다. 돌아선 그의 손에 호령초가 들려 있었다.

"이 풀을 가지고 있으면 공격하지 않더군."

염천대주뿐만 아니라 염공, 철공도 당황했다. 철공이 물었다.

"호령초를 지니고 있다니……. 우리 쪽 아이냐?"

"흠……. 아직 그쪽 아이들인지는 모르겠지만, 일단 이 풀은 잔월궁주에게서 뺏은 거지. 잔월궁이 너희와 한통속인가?"

염천대주는 명적을 내리고는 속으로 한숨을 삼켰다. 이렇게 된 이상 자신들이 직접 나설 수밖에 없었다. 불현듯 무루의 행동이 무척이나 얄밉다는 생각이 뇌리를 스쳤다.

"공격하라!"

염천대주의 명과 함께 삼백여 수하들이 흉흉한 미소를 지으며 칼을 뽑았다.

"존명!"

삼백 대 일이다.

천상제를 펼치는 청년고수라 하지만 염천대원들은 두렵지

않았다. 상황이 조금 어려워진다면 뒤에는 염공과 철공이 있었다.

쐐애액! 팟팟팟!

땅을 박차고 돌진하는 염천대원들의 동작은 고수들답게 하나같이 날렸다.

한편 적검왕과 세 제자는 고소를 머금었다.

갑자기 나타난 이 청년이 황당하면서 가엾게 느껴졌다. 은둔술과 경신술 그리고 공력에 관해 엄청난 경지를 성취했음을 알겠다. 그런데 가진 바 능력에 비해 세상물정을 너무나 몰랐다.

오죽했으면 쟁쟁한 고수들이 있는 앞에서 천상제를 펼칠 생각을 하겠는가? 갑작스런 기습 한 번에 죽거나 치명상을 입을 수도 있는데 말이다.

적검왕 일행은 무루를 도와주어야 하나 하는 갈등에 빠졌다. 그러나 고민은 길지 않았다.

도와준다 한들 결과가 변할 리 만무했다. 그리고 제 코가 석 자였다. 청년이나 자신들이나 이곳에서 뼈를 묻기는 똑같았다.

적검왕의 입술 사이로 탄식이 흘러나왔다.

"아까운 인재가 죽는구나. 조금만 더 성숙했더라면 무림의 희망이 될 수 있었을 아이인데."

그 말이 끝날 때 무루가 호혈약을 꺼내 들었다.

푸른 옥피리로 펼쳐지는 무극검경.

원래의 무극검경을 부수고, 다시 원형으로 복구시키고, 재
차 부수었다가 재탄생시킨 무극검경이 펼쳐졌다.

第四章

절대 고수(絶代高手)

절대
고수

絕代
高手

1

  무루의 손에 쥐어진, 내기를 흠뻑 머금은 호혈약이 위로 올
라섰다. 무루의 입가에 어리는 묘한 미소.
  만약 평범한 쇠붙이였다면 자신의 기를 감당하지 못하고
터져 버렸을 것이다.
  그러나 호혈약은 마치 솜처럼 끝없이 그 기를 빨아들였다.
그리고 무루의 손이 내려서고, 호혈약이 내려섰다.
  흡수한 기를 마음껏 토해내는 옥피리.
  콰콰콰아아아앙!
  땅에 균열이 일었다.
  종선기가 닿는 땅거죽이 사방으로 터져 나가며 거대한 수

렁을 만들었다.

끊임없이 터져 나가는 땅거죽. 계속 이어지며 길게 그리고 깊게 또한 넓게 파여 가는 고랑.

흙 알갱이가 폭우처럼 사방으로 흩날렸다. 그 위에 있던 염천대원들은 제대로 된 비명도 지르지 못하고 망자가 되어 흙과 돌가루 그리고 나무와 함께 사방으로 흩어졌다.

우수수수수!

허공에서 비가 내렸다.

흙과 나무의 잔해 그리고 찢어진 살과 피로 이뤄진 비가.

너비가 족히 다섯 장은 되는 고랑이 무려 사십여 장 가까이 이어지며 골짜기 위쪽까지 폐허를 만들었다.

무루가 손을 휘젓자 일진광풍이 일어나 자욱한 먼지를 밀어냈다.

푹 꺼진 고랑 속에 두 노인이 서 있었다.

염공과 철공.

양팔을 교차시켜 얼굴을 막고 있던 염공과 거대한 도끼를 앞에 세운 철공이 불신의 눈으로 좌우를 보았다.

"큭!"

염공의 입가에서 비릿한 소성이 터졌다. 그런 그의 입술 사이로 핏물이 한 줄기 흘렀다. 도끼를 내리는 철공도 뺨에 길게 새겨져 있는 상처에서 핏물이 주르륵 흘렀다.

허탈한 표정으로 웃던 염공이 입을 열었다.

"염천대는… 전멸인가?"

철공이 대꾸했다.

"알면서 왜 묻나?"

"방심의 대가치고는 꽤 비싸군."

"맞아."

둘의 시선이 무루를 향했다. 그들의 전신에서 뜨거운 기운이 뭉클뭉클 피어났다. 지독한, 참으로 지독한 살기였다.

한편 적검왕과 진, 축, 묘는 충격으로 말을 잃었다.

그들의 이 장 앞에서 등을 보이고 있는 사내.

그 등이 마치 태산처럼 다가왔다.

이런 신위는 진, 축, 묘로는 아직 어림없었다. 정상적인 상황에서의 적검왕이나 되어야 가능한 경지.

적검왕이 가장 먼저 정신을 수습해 급히 말했다.

"이보게, 젊은이! 도망치게!"

무루가 고개를 돌려 적검왕을 바라보았다. 적검왕의 말이 빠르게 이어졌다.

"가진 바 내력을 다 소진했을 것 아닌가? 빨리 피하게. 우리가 조금이라도 저 둘의 발목을 잡을 터이니!"

적검왕의 눈에 희망의 빛이 일었다. 자신들만 무림을 수호할 수 있는 존재라고 믿었다. 그런데 그것이 오만이었다는 것을 깨달은 것이다.

당장 지금 눈앞에 있는 저리도 어린 청년이 자신에 비해 전혀 뒤처지지 않는 무위를 보여주지 않았는가?

역시 강호의 저력은 끝이 없었다.

어쨌든 지금 중요한 일은 이 청년을 살리는 것이었다. 훗날 노야와 그 제자들의 야욕과 맞서 싸울 수 있는 유일한 희망일지도 모르는 청년이다.

무루의 입가가 살짝 들썩였다. 그러나 그가 뭐라 말하기도 전에 진이 사부인 적검왕의 말을 받았다.

"이대로 허망하게 죽을 셈인가? 자네의 가진 바 능력을 천하를 위해서 쓰게. 세상에 노야와 그 제자 그리고 오 인 원탁의 음모를 알리게."

말과 함께 진이 품속에서 서신을 꺼냈다. 피에 절은 서찰이었다. 무루는 그 안에 지금 벌어지고 있는 모든 일이 담겨 있을 것이라 유추했다. 어쩌면 진충 어르신의 원흉이 있을지도 몰랐다.

무루가 손을 내밀자 진이 들고 있던 서찰이 허공을 격해 빨려들었다.

그 격공섭물에 묘가 어처구니없는 표정을 지었다.

"한 푼의 공력이라도 아껴야 할 지금 뭐하는 짓이야?"

무루가 서신을 품에 갈무리하며 대꾸했다.

"너는 나와 나이도 별반 차이도 안 날 것 같은데……. 초면에 반말인가?"

"하아!"

묘는 기가 찼다. 성질 같아서는 무루의 머리를 패고 싶었다. 지금과 같은 상황에 존대와 반말을 따지다니!

그때 염공의 기합성이 허공을 두드렸다.

그의 양손에서 시퍼런 불꽃이 공중으로 솟구쳤다.

적검왕이 급히 소리쳤다.

"청년을 지켜야 한다."

그 말과 동시에 적검왕과 세 제자가 발을 박찼다. 얼마 남지 않은 힘을 쥐어짜 무루의 앞으로 달려나갔다.

무루가 쓴웃음을 지으며 중얼거렸다.

"오지랖은……."

그 말에 적검왕과 제자들은 얼굴을 굳혔다.

자신들이 지금 최악의 몸 상태에서도 누구를 위해 몸을 날리는데…….

지금 같은 상황에서 야속하다면 웃긴 표현이지만 그 말 외에 자신들의 심정을 정확히 표현할 말이 없었다.

그 넷이 무루의 양옆을 스치며 앞으로 나서는 순간 무루가 양팔을 뒤로 쓸었다.

순간 넷은 뭔가 시원하면서도 동시에 따스한 기운이 자신을 감싸는 것을 느꼈다. 기이한 기운이 느껴지는 그 잠력은 자신들을 좌우로 부드럽게 밀어냈다.

'아! 안 돼!'

'이 작자! 결국 미친놈이었던 거야?'

그들의 속내에서 안타까움과 답답함이 폭발했다.

무루가 그 넷을 적당한 거리로 밀어내자, 염공의 지옥불이 무루의 전신에 떨어졌다.

콰아아앙!

화르르르!

거대한 불꽃이 무루의 사방으로 확 일었다.

그 모습을 보는 염공은 황당하다 못해 떨떠름한 표정을 지었다. 곧바로 공격을 이으려던 철공도 멍한 얼굴로 중얼거렸다.

"저놈! 실성한 놈 아냐?"

피하거나 수비를 하거나 맞서야 하는 놈이 엉뚱한 짓이나 했으니 그런 말을 할 수밖에 없었다.

적검왕은 털썩 주저앉으며 나지막이 외쳤다.

"왜?"

이해를 하고 싶어도 도저히 할 수가 없었다. 그 순간 그의 눈에 이채가 번뜩였다.

단전이 스스로 움직이고 있었다.

공력은 바닥난 지 오래, 운기조식할 시간도 없었다. 그런데 단전이 조금씩 회전을 시작하고 있었다.

그런 변화에 적검왕은 눈을 부릅떴다.

무루가 자신들을 밀쳐 내는 순간 자신의 몸속으로 슬그머니 들어온 기이한 기운이 생각났다.

워낙 급박한 순간이라 깊게 생각하지 못했는데, 녀석은 잠력으로 자신들을 밀어내면서도 어떤 기이한 방법으로 기운을 나눠 준 것이 분명했다.

적검왕에 이어 진, 축, 묘도 점차 자신 몸에 이는 변화를 느끼고는 놀라고 곤혹스런 표정을 지었다.

진이 고개를 저으며 외쳤다.

"대체… 대체 왜?"

모두가 시퍼런 불길을 보며 왜냐고 입으로, 눈으로 물었다. 그러나 불속에서 타들어 가고 있을 그가 왜 그런 행동을 했는지 답해줄 리 만무했다.

화르르르.

무루를 감싸고 있는 지옥불은 좀처럼 꺼질 줄 모르고 불타올랐다.

그 광경에 정작 지옥불의 시전자인 염공이 고개를 갸웃거렸다.

지금쯤이면 불이 잦아들어야 했다. 그런데 반대로 불길은 더 거세졌다.

"이, 이게 아닌데……."

염공의 중얼거림에 철공이 의아한 표정을 지었다. 단 한 수에 멋지게 해치웠다. 그런데 지금 염공의 말이 의미하는 것이 무엇인지 모호했다.

"화끈하게 해치우고는 왜? 뭐가 잘못됐나?"

쉿소리로 묻는 그는 염공의 눈이 찢어지게 커지는 것을 보았다. 철공의 시선이 다시 앞으로 돌았다. 그리고 그의 눈도 부릅떠졌다.

거대한 불꽃 속에서 검은 그림자가 흐릿하게 비치더니 한 인영이 밖으로 걸어나왔다.

"……!"

모두가 충격에 젖어 염공의 지옥불에서 나오는 인영을 보았다.

무루.

그였다.

화상을 입기는커녕 어느 한구석 그을린 것조차 없어 보였다.

무루의 왼손에서 불이 훨훨 타올랐다.

"음양오행에도 불[火]이 있지. 당신만 불과 친한 것이 아니란 말이야."

무루는 혼잣말을 중얼거리며 왼손을 흔들었다. 그러자 그의 등 뒤로 조금씩 잦아들던 화마가 왼손으로 빨려들 듯이 이동했다.

적검왕 일행과 염공, 철공은 불신의 눈으로 그 광경을 지켜보았다.

화르르르.

불길이 자연적으로 내는 소리를 제외하면 지독한 정적이

주위를 휘감았다.

멀찍이 떨어져 있는 철강시들조차 흐릿한 시선으로 무루의 왼손을 바라보았다.

염공의 입술이 떨어지며 짧은 침묵이 깨졌다.

"어, 어떻게?"

무루가 염공을 보며 피식 웃었다. 그리고 그의 왼손이 흔들렸다.

화르르르.

무루의 손 위에서 춤추던 불꽃이 허공 위로 솟구치더니 염공에게 쇄도했다. 염공 역시 그의 양손에서 불꽃을 일으키더니 날아오는 불길을 향해 힘껏 내뿜었다.

푸슈슈슈.

하나의 불이 다른 불을 삼켰다. 그러면서 몸집을 더 키운 불길이 삽시간에 염공을 집어삼켰다.

"으아아악!"

염공의 옷이 단숨에 타버리며 재가 되어 흩날렸다. 그의 육신이 거뭇거뭇 타들어갔다.

살이 타는 냄새. 지독한 비명.

철공은 턱이 덜덜 떨려왔다.

이런 무지막지한 경우는 처음이었다.

노야라도 염공을 이렇게 일방적으로, 그것도 불로써 무너뜨릴 수는 없었다.

그 순간 철공의 눈이 빛났다.

무루의 시선이 염공에게 고정되어 있는 것을 본 것이다.

'지금의 기회를 놓치면 승산은 없다.'

그는 자신의 상반신만큼이나 큰 도끼를 힘껏 잡았다. 그리고 그의 육중한 몸이 공간을 갈랐다.

파앗!

그의 신형이 갑자기 사라졌다. 그리고 다시 나타난 곳은 무루의 바로 옆이었다.

콰아아아!

거센 도끼질에 공기가 비명을 질렀다.

묵직하다. 동시에 눈으로 쫓는 것이 불가능할 만큼 빠르다.

순간 무루의 오른손이 움직였다. 그의 오른손에 쥐여진 호혈약이 도끼와 충돌했다.

콰앙!

폭음과 함께 철공이 뒤로 주르륵 밀려났다. 거의 열 걸음 가까이 물러나서야 멈춘 철공은 제자리에 오도카니 서 있는 무루를 보고는 할 말을 잃었다.

쇄애애액.

무루의 왼손에서 불이 터져 나와 철공을 덮쳤다.

부우우웅!

거침없이 허공을 베는 도끼.

강기의 막, 부막(斧幕)이 철공의 앞에 드리워졌다.

철공은 자신의 강기로 이뤄진 부막이야말로 최강의 수비세라 확신했다.

그런데 불꽃이 잠시 멈칫하며 흩어지는가 하더니 마치 물처럼 자신의 부막 안으로 침투했다.

화르르르.

"말도 안 돼!"

철공의 쇳소리가 떨리며 튀어나왔다. 그러나 무루가 쏘아낸 불길은 그의 옷과 머리칼을 모조리 태우고 나서야 지나쳤다.

"헉헉, 헉헉헉!"

졸지에 벌거숭이가 된 철공은 거친 숨을 연신 토해냈다.

이글이글 자신의 살 타는 냄새가 철공의 코를 자극했다. 검게 그을린 그의 몸은 화상으로 끔찍했다. 전신에서 연기가 모락모락 피어올랐다.

무루가 손에서 불꽃을 지우고는 철공을 향해 발을 내디뎠다.

그의 한 걸음.

철공이 움찔하며 뒤로 한 걸음 물러섰다. 그때였다, 허공에서 하나의 인영이 무루를 향해 쇄도한 것은.

새카맣게 타버린 염공이었다.

슈아아얏!

뼈가 다 드러난 그의 손이 무루의 심장을 향했다.

철공의 눈이 빛났다. 이번이야말로 자신에게 주어진 마지막 기회였다.

그의 발이 땅을 박찼다.

파앗!

거의 동시에 무루의 앞과 옆에서 그들은 손과 도끼를 휘둘렀다. 그 둘은 단전의 모든 공력을 한 톨도 남기지 않고 이번 공격에 몰아넣었다.

죽이지 못하면 자신들이 죽는다.

스르르륵.

무루의 신형이 안개처럼 흔들렸다.

지독한 빠름. 잔영만 남는 상체의 흔들림.

무루의 손이 슬쩍 위로 돌아 염공과 철공의 팔꿈치를 가볍게 건드렸다.

콰직. 푸욱!

섬뜩한 소리가 사위에 흘렀다.

염공과 철공의 공격 방향이 막바지에 바뀌었다. 염공의 손이 철공의 심장에 박혔고, 철공의 도끼가 염공의 머리를 관통했다.

그렇게 둘은 서로 마주 보며 선 채로 입을 벌렸다.

"으으으……."

신음과 함께 둘의 입에서 핏물이 주르륵 흘렀다. 그들의 동공에 어린 빛이 서서히 잦아들더니 완전히 생기를 잃었다.

무루가 서서 최후를 맞은 그 둘을 잠시 지켜보다가 돌아서 적검왕 일행을 마주했다.

진, 축, 묘가 동시에 무루를 보며 움찔했다.

까만 허공 위로 적검왕의 음성이 흘러나왔다.

"절대고수란… 없다고 여겼거늘."

적검왕 일행은 마치 시간이 정지한 것 같은 착각을 느꼈다. 자신들이 목도했지만 믿기가 어려울 지경이었다.

무루가 말했다.

"일단 나와 함께 가시겠습니까?"

담담한 어조의 목소리.

적검왕이 멍하니 있다가 정신을 수습하고는 대꾸했다.

"우리에게 선택권이 있나?"

"……."

"가지 말자고 해도 따라갈 참이네."

적검왕이 무릎을 짚고는 일어서다가 한 차례 신형을 휘청거렸다. 그 모습에 무루가 쓴웃음을 지으며 말했다.

"몸 상태가 그 지경인데 아까 저를 지켜주려고 한 겁니까?"

묘가 발끈하려다가 입을 다물었다.

할 말이 없었다.

적검왕과 진, 축도 같은 생각인지 입맛을 다시며 침묵했다.

"일단 산을 내려가 의원에게 치료를 받아야 할 것 같습니다만……. 단전도 워낙 많이 훼손되어서 제가 돕더라도 예전으로 돌아가려면 적지 않은 시일이 걸릴 것 같습니다."

적검왕이 무루를 보며 뜻 모를 한숨을 내쉬었다.

"자네는… 우리의 단전 상태까지 보이는 건가?"

무루가 싱긋 웃었다.

적검왕의 한숨이 더 깊어졌다. 진, 축, 묘는 여전히 침묵했다.

2

무루와 적검왕 일행이 자리를 뜬 지 이각 정도 지났을 즈음에 홍월이 중천궁 수하들을 데리고 골짜기 안으로 들어섰다.

그녀의 안색은 푸르뎅뎅했다.

오면서 깊게 파여진 수렁에 시신의 파편이 널려 있었던 탓이다. 그 시신의 잔해가 염천대인 것은 굳이 확인할 필요도 없었다.

적검왕의 마지막 발악이 이 정도일 줄은 몰랐다며 놀라워하던 그녀는 염공과 철공의 시신을 보고는 입을 다물지 못했다.

신색이 창백해진 그녀는 한참을 멍하니 염공과 철공을 바라보았다. 충격이 너무나 크니 오히려 웃음이 나올 지경이었다.

그렇게 일각의 시간이 지나서야 그녀의 입이 열렸다.

"하아아! 대체 왜?"

그녀는 서서 죽은 두 시신을 향해 물었다.

"왜? 두 분이 서로 싸운 것입니까?"

그렇게 생각할 수밖에 없었다.

눈앞에 펼쳐진 상황은 너무나 명명백백했다.

염공과 철공 같은 무시무시한 고수를 누군가가 이렇게 만들었다는 것을 상상하는 것은 불가능했다.

얼마 전까지 중천궁의 궁주, 지금은 홍월이 복귀하면서 부궁주로 내려선 자가 조심스럽게 입을 열었다.

"서로 적검왕의 수급을 차지하려는 공을 세우려고 그런 것이 아닐까요?"

"갈! 말이 되는 소리를 해라!"

홍월은 기가 차다는 표정으로 부궁주를 꾸짖었다. 그리고는 깜빡했다는 듯이 수하들에게 명을 내렸다. 벌어진 일은 벌어진 것이고 적검왕의 사망 여부는 확인해야 했다.

"주변을 뒤져 보아라! 어딘가에 적검왕의 시신이 있을지도 모른다!"

중천궁 수하들이 사방으로 흩어졌다. 그러나 그들은 적검왕을 찾지 못했다.

홍월의 눈이 노기로 불타올랐다. 그녀는 죽어버린 염공과 철공을 향해 버럭 소리를 질렀다.

"대체 이곳에서 무슨 일이 있었던 겁니까!"

그러나 죽은 자는 말이 없는 법이다. 더 답답한 것은 상황을 어떤 식으로도 유추할 수가 없다는 점이었다.

홍월은 답답해 심장이 터질 것만 같았다. 그녀의 발이 철공의 화상 입은 시신을 발로 쳐버렸다.

"빌어먹을! 왜 갑자기 서로 죽여 버린 거냐고? 대체 서로에게 무슨 억하심정이 있었기에! 젠장! 이게 말이 되는 거야?"

그녀의 노성이 골짜기를 쩌렁쩌렁 울렸다. 괜히 그녀 옆에 있다가 날벼락을 맞을까 부궁주와 측근들이 주섬주섬 뒤로 물러났다.

무루는 경계를 서고 있는 마붕권과 혈광비에게 적검왕 일행을 철강시 때문에 곤혹에 처해 있던 무림인이라고만 소개했다.

비록 적검왕 일행의 상태가 최악이긴 했지만 마붕권과 혈광비는 범상한 자들이 아님을 직감했다. 그러나 그들은 나중에 무루가 말해줄 것이라 생각하며 캐묻지 않았다. 이곳엔 자신들만 있는 것이 아니라 봉황문의 사람들도 있었기에.

무루가 돌아온 것을 안 사람들이 운기조식을 서둘러 마무리하고는 자리에서 일어났다.

무루는 잔월궁 장로의 마혈을 해혈하고는 허튼 짓은 꿈도 꾸지 말고 조용히 있으라는 경고를 한 후, 모두에게 말했다.

"일단 서둘러 하산하는 것이 좋을 것 같습니다."

일단 자신이 정보를 얻을 수 있는 사람들은 다 얻었으니 굳이 이곳에 남아 있을 이유가 없었다.

마붕권이 맞장구를 쳤다.

"그렇습니다. 입은 내상이야 주군의 도움으로 응급처치는 했고 그리고 각자 알아서 운기조식을 하면서 조금씩 다스리면 되겠지만 몸에 입은 부상은 의원을 통해 제대로 된 치료를 받아야 할 것입니다."

아무리 내가 고수라도 몸의 부상을 잘못 방치했다가는 돌이킬 수 없는 회한을 남기게 될 수도 있었다.

모두가 동의하는 표정으로 고개를 끄덕였다. 무루가 다시 말했다.

"장군산 주변으로 천라지망이 펼쳐지고 있습니다. 아직 포위가 이뤄지지 않은 방향은 우리가 왔던 남동쪽이니 그리 갑시다."

그의 말에 적검왕이 끼어들었다.

"이보게, 어쩌면 그쪽에도 적들이 있을 수 있네."

"아직 없습니다."

무루의 단정 짓는 말에 묘가 당황하며 물었다.

"그걸 어떻게 알죠?"

"기의 흐름으로."

"예?"

"바람과 숲 그리고 대지가 전하는 기의 느낌으로."

사람들이 당최 무슨 뜻이냐는 표정을 지었다. 그러나 차마 묻지는 못했다. 대답해 준다 해도 자신들이 이해할 수 없을 것이 뻔했기에.

묘도 고개를 절레절레 저으며 대꾸했다.

"대체 무슨 말인지 모르겠군요. 하지만 그쪽이 우리가 온 반대 방향이니… 적들이 없을 공산이 가장 높겠군요. 그렇게 하기로 하지요."

떨떠름한 얼굴로 말하는 묘는 기분이 묘했다. 그녀는 무림의 전설인 자신의 사부가 함께 있건만 모든 것이 무루를 중심으로 돌아가는 듯해서 영 기분이 좋지 않았다. 하지만 무루의 신위를 목격한 이상 인정할 건 인정해야 한다며 스스로를 다독였다.

지금 이 자리의 주인공은 분명 무루였고, 그는 자신들의 생명을 구해준 은인이다.

무루가 마붕권을 향해 말했다.

"마 장로는 혈광비와 함께 예정대로 봉황문에 다녀오시오."

마붕권이나 혈광비, 묵검 그리고 이수린의 부상은 크지 않았기에 움직임에 별다른 문제는 없었다.

마붕권이 고개를 끄덕이자 이수린이 아쉬운 어조로 말했다.

"기왕지사 한 공자께서 이곳까지 오셨는데… 함께 본 문에 가시는 것은 어떠신지요? 한 공자님은 저와 묵 대협의 생명의 은인. 본 문은 귀빈의 자격으로 공자님을 모시고 싶습니다."

그녀의 음성에 묘한 애틋함이 실렸다. 그러나 무루는 그 감정을 외면하고 담담하게 대꾸했다.

"소저께서 저번에 말하시길, 계약의 전권은 소저께서 다 가지고 있으니 그저 귀 문의 문주께 확인하는 절차일 뿐이라 하지 않았소? 또한 나 역시 마 장로에게 전권을 일임했소. 굳이 내가 가야 할 필요가 있겠소? 그리고 생명의 은인이란 말은 과분하오. 내 사람들을 지키기 위해서 한 행동이었으니 괘념치 마시오."

이수린의 눈가에 짙은 아쉬움이 스쳤다. 그러나 애써 그런 기색을 지우며 미소를 지었다.

"아무래도 중요한 일이 있으신가 보군요. 알겠습니다."

그녀는 눈치가 빨랐다. 무루나 살문의 원로인 유령귀가 이곳까지 몰래 따라왔기에 모종의 사연이 있음을 모를 정도로 둔하지 않았다.

'여기서 더 조르면 나를 성가시게 여길 수도 있어.'

그녀는 아쉬움을 접고 다음을 기약하기로 마음먹었다.

무루는 유령귀들에겐 하산 후 곧바로 살문의 흑살에게 연통을 넣어달라는 주문을 했다, 잔월궁의 현 동태를 자세히 파악해 달라는.

유령일귀가 웃으며 답했다.

"그거라면 걱정하지 않으셔도 됩니다. 본 문은 이미 잔월궁의 움직임에 거의 모든 힘을 쏟고 있습니다."

대충 정리가 끝나자 혈광비가 궁금해 미치겠다는 표정을 지으며 물었다.

"그런데, 대체 이 철강시들은 어느 놈들의 작품입니까? 대체 왜 우리를 공격한 겁니까? 무림 공적이 되기로 작정하지 않고서야 이렇게 많은 강시를 제조하다니 정말 대담한 놈들이지 않습니까?"

"우리가 목표였던 건 아니다. 그리고 그들의 배후는… 글쎄. 이제부터 천천히 알아보면 되겠지. 자, 일단 함께 하산합시다."

무루는 두루뭉술하게 답하고는 자리에서 일어났다. 그러자 모두 자리에서 일어났다.

밖에는 아직 철강시들이 우글거리고 있었다. 그리고 호령초를 지니고 있는 인물은 몇 되지 않았다.

그러나 어느 누구도 두려워하는 기색은 없었다. 그들은 모두 무루를 보고 있었다.

第五章
절반의 성공

절대고수

絕代高手

1

쾅!

오 인 원탁회의 회주가 내려친 주먹에 원탁이 박살 났다. 그는 노염에 물든 얼굴로 책사와 홍월을 번갈아보았다.

"대체 그걸 말이라고 하는가? 염공과 철공께서 서로 싸우다 동귀어진(同歸於盡)을 해?"

대머리노인이 코를 후비며 고개를 저었다.

"말이 안 되지. 그 무슨 허무맹랑한 말이란 말인가?"

땅딸보노인도 성난 어조로 카랑카랑하게 말했다.

"홍월! 대체 무엇을 숨기고 있는 거지?"

추궁을 당하는 홍월은 기가 차서 미칠 지경이었다.

"숨기다니요? 대체 지금 저를 어떻게 생각하고 그런 말들을 하는 거죠?"

회주와 두 노인이 합세해 홍월을 몰아붙였다. 홍월 역시 억울하다고 우기며 맞섰다. 그러자 침묵하던 적발의 노인이 입을 열었다.

"일단 상황을 정리해 봅시다. 책사!"

어지간해서는 말을 하지 않는 그가 책사를 불렀다. 그러자 책사가 한숨을 삼키고는 입을 열었다.

"먼저 피해 상황은 이루 말할 수 없이 큽니다. 염천대는 전멸했고, 강시군은 삼백여 구밖에 남지 않았습니다. 운풍각 역시 일백오십의 사상자가 발생, 오십여 명밖에 남지 않아 정상적인 첩보 활동이 불가능한 지경입니다."

"으음……."

대머리노인이 신음을 흘렸다. 이미 한 번 들은 말이지만 다시 들어도 기가 막혔다.

"철궁대는 절반의 사상자 발생으로 백오십이 남았습니다. 게다가… 잔월궁의 핵심인 궁주, 부궁주, 세 장로는 행방불명으로 잔월궁의 힘 역시 현저하게 약해졌다고 봐야 합니다."

회주가 비릿한 소성을 흘렸다.

"크흐흐흐. 그러고도 적검왕을 잡지 못했단 말이지. 한심한!"

책사가 입술을 깨물었다가 말을 이었다.

"또한 홍월님의 중천궁 피해도 막심합니다. 이번 적검왕 생포 작전으로 인해 팔 할에 가까운 피해를 입었습니다. 마지막으로 노야님의 제자 두 분을 잃었습니다."

마지막 대목에서는 회주를 비롯한 노인들이 '꿍' 하는 신음 소리를 냈다.

"기이한 것은 염공과 철공께서 왜 싸웠냐는 것입니다. 일단 노야께 사실대로 전갈을 넣었지만 과연 이것을 그대로 믿어줄지……. 그것이 가장 큰 걱정입니다."

땅딸보노인이 태사의에 몸을 깊게 묻으며 말을 받았다.

"그렇지. 만약 노야께서 진노하신다면… 우리는 모두 끝장이오."

모두가 고개를 주억거렸다. 기실 그들이 지금 느끼는 가장 큰 불안감은 적검왕을 놓친 것 때문이 아니었다. 노야의 진노가 가장 큰 문제였다. 화의 불똥이 어떻게 튈지 모르는 상황.

책사가 옷매무새를 정리하고는 목청을 조금 높였다.

"그 점은 크게 우려하지 않으셔도 될 것입니다. 노야께서도 우리가 염공과 철공을 해한 것이 아님을 알 터이니 말입니다. 아니, 솔직히 우리는 그럴 능력이 없습니다."

적발노인이 실소를 터뜨렸다.

"풋. 그건… 그렇지."

"그러나 우리가 저지른 일이 아니라고 해서 노야의 진노가 사그라지지는 않을 것입니다. 본 회는 노야께 무능력을 보였기 때문입니다. 제 생각으로는 노야께서 아마 직전제자들을 이곳으로 파견해서 우리를 직접 지휘하고 감시할 공산이 크다 여겨집니다."

모두가 고개를 끄덕이는 와중에 회주가 물었다.

"염공과 철공의 동귀어진은 어떻게 되는 거지?"

책사가 어깨를 으쓱하며 난감한 표정을 지었다.

"목격자를 찾기 전까진 미궁으로 남을 수밖에요."

"목격자가 없으니 하는 말이 아닌가?"

회주가 짜증을 내자 총사가 빙그레 웃었다.

"왜 없습니까?"

그의 반문에 모두의 시선이 쏠렸다. 책사가 말을 이었다.

"적검왕! 그자와 살아남은 세 제자는 알 것입니다."

모두가 책사의 말에 귀를 기울였다.

"적검왕과 남은 세 놈은 돌이킬 수 없는 치명상을 입었습니다. 그것은 부인할 수 없는 진실입니다. 정확한 상태를 파악할 수는 없으나 일 년, 최소 반년 이상은 요양과 치료가 필요할 겁니다."

잠자코 있던 홍월이 물었다.

"그래서 천하의 의원을 모두 뒤지기라도 하겠단 말이냐?"

책사가 눈을 빛내며 고개를 저었다.

"그러면 좋겠지만 시간이 너무나 많이 걸립니다. 일단 장군산 주변으로부터 탐색을 시작하겠지만…… 적검왕이 바보가 아닌 이상 그 주변에서 태평하게 치료를 하고 있을 리는 만무. 우리가 지금 할 수 있는 최선의 방법은 하나입니다."

회주가 눈을 가늘게 뜨며 물었다.

"그게 뭐지?"

"대업을 향한 원래의 계획을 예정대로 추진하는 겁니다."

"뭐라? 적검왕을 잡지도 못했는데…… 아!"

회주가 반박하다가 가는 눈을 치켜떴다. 네 명의 안색도 급변했다.

책사는 짙은 미소를 지으며 고개를 주억거렸다.

"그렇습니다. 비록 적검왕을 잡지 못하고 커다란 피해만 입은 채 이번 계획은 실패했습니다. 하지만 달리 생각해 보면 절반의 성공이기도 합니다. 적검왕은 최소 반년 이상 불가능하지요. 그리고 그 시간이면 우리는 천하무림의 상당 부분을 삼킬 수 있습니다. 무림의 핵심 세력을 무너뜨릴 수 있습니다."

땅딸보노인이 신이 나 맞장구를 쳤다.

"그렇지! 원래의 계획이 그랬으니. 그리고 나중에 적검왕이 돌아와도 대세는 이미 돌이킬 수 없을 터이고!"

대머리노인도 미소를 머금었다.

"과연 머리를 쓰는 책사답군. 맞아. 우리가 원래의 계획을 강행하겠다면 노야께서도 우리를 문책하시진 못할 터! 최소한 미루시겠지."

책사가 말을 받았다.

"그렇습니다. 그러니 원탁의 주인들께선 다시 돌아가 예정대로 일을 추진해 주십시오. 저 또한 잔월궁을 통한 암살 계획 등 몇 가지 일들을 계속 진행하겠습니다."

처참했던 분위기가 언제 그랬냐는 듯이 밝아졌다.

회주가 만면에 미소를 머금고 책사를 칭찬했다.

"훌륭하다. 생각을 바꾸니 모든 것이 다시 탄탄대로구나. 물론 이번 계획으로 인한 손실이 예상보다 크긴 하지만 충분히 감당할 수 있으니 됐다. 너는 앞으로 대업을 향한 움직임에 일어나는 각종 변수들에 꼼꼼히 대응하라. 그럼 네 공을 잊지 않으리라."

"감사합니다."

책사가 허리를 깊이 숙였다. 그의 눈에 묘한 이채가 스쳤다.

'멍청한 놈들. 너희들이 내 상관이라 하나 결국 당신들은 장기판의 졸일 뿐이다. 내 머리에 의해 움직이는.'

예를 표하고 밖으로 나간 책사는 뒷짐을 진 채 회랑을 걸었다. 그의 입술 사이로 나직한 혼잣말이 흘러나왔다.

"봉황문, 학봉 이수린 그리고 마붕권, 암독왕, 마지막으로 한무루……."

그의 미간이 좁아졌다.

그날 잔월궁주가 노린 청부 대상은 마붕권이라 했다. 청부

자는 암독왕. 마붕권은 봉황문의 학봉 이수린, 묵검과 함께 장군산에 있었다.

마붕권이 새로 모시는 주군은 한무루라는 돈 많은 청년이다. 암독왕 역시 한무루를 주군으로 모시고 있다.

그리고 이봉삼화 중 일인으로 유명한 이수린은 최근 청송표국과 관련해 한무루와 동업을 체결했다고 했다.

천천히 걸음을 옮기는 책사의 고개가 갸웃거렸다.

확실하게 의심을 할 만한 것은 아직 없지만 뭔가가 거슬렸다.

"한무루……."

그 애송이는 총사단이 사라진 안의 땅에 있었다.

모든 일의 공통분모를 찾으면 희한하게도 그가 있었다.

이걸 단순히 우연이라 치부할 수 있을까?

물론 누군가 억지로 갖다 붙인 것이라 해도 할 말은 없었다.

그러나 책사는 우연을 믿지 않는 편이었다. 한 번이라면 몰라도 연이으면 그것은 결코 우연이 아니었다.

"우연이 아니야, 절대로."

회랑의 끝에서 책사의 발걸음이 멈췄다. 그의 눈에 기광이 슬쩍 스쳤다.

"아무리 바빠도 놈의 모든 것을 파헤쳐 봐야겠어."

대업을 향한 계획이 예정대로 강행될 것이니 그는 많이 바빠질 터였다. 그러나 그는 간과한 사소한 것이 대계를 엉망으로 만들 수 있음을 모르지 않는, 나름 현자였다.

무루를 요주의 대상으로 올려놓고도 하필 때맞춰 은검지의 꼬리를 잡은 때와 겹쳐서 제대로 조사해 보지 못한 것이 아쉬웠다. 그러나 이번에는 반드시 그의 모든 것을 알아내리라 다짐했다.

책사는 원래 가려던 목적지를 바꿔 근처의 이층 전각으로 들어갔다. 잠시 후, 전각의 창문에서 전서구가 날아올랐고, 뒤이어 은풍각주가 전각으로 호출되었다.

2

안의 땅은 겨울에도 눈이 내릴 정도로 춥지는 않았다. 그러나 한낮인데도 공기는 확실히 쌀쌀해져서 저자의 모든 사람이 입고 있는 옷을 여미고 총총 움직였다.

무루 옆에 달싹 달라붙은 유라는 뭐가 그리 좋은지 싱글벙글했다.

지나가는 사람들이 유라를 보며 감탄하는 소리가 끊임없이 들렸다.

"청송화(靑松花)다!"

"와! 정말 아름답구나."

"흐미! 환장하겠네. 사람이야, 선녀야?"

청송장원의 원주인 유라는 안의 땅 사람들에게 청송화라 불렸다. 사람들이 시선이 유라에게서 떨어지지 않자 무루는 조금 불편한 기색으로 말했다.

"너무 달라붙는 거 아니냐?"

"흥! 오라버니와 이렇게 단둘이 걷는 게 얼마만인지 알아요?"

"하루 만인데?"

어제도 청송표국에 들를 때 따라붙었던 유라다. 그녀가 크고 맑은 눈을 치켜뜨며 빙그레 웃었다.

"그러니까 무려 하루 만이잖아요!"

"풋."

무루는 어이가 없어 실소를 흘리고 말았다. 그러자 유라가 째려보며 말했다.

"오라버니, 요즘 심심해 죽겠어요. 장원의 주인이라고 해봐야 딱히 할 일도 없고."

"겨울이 지나면 바빠질 거다. 곳곳의 학당에서 많은 사람들이 장원으로 학문과 무공을 배우기 위해 몰려들 터이니. 그러니 그전에 장원의 원주로서 열심히 공부를 해둬야 하지 않겠니?"

유라가 볼멘소리로 대꾸했다.

"치이. 그러지 않아도 요즘 매일 책 한 권씩은 읽고 있다고요. 무공 수련도 열심히 하고. 오라버니가 하도 강권해서 그러는 거긴 하지만 정말이지 독서는 지겹다고요. 대체 얼마나 읽어야 책 읽기가 즐거워진다는 건지."

"그래, 너 열심히 생활하는 거 암 장로가 칭찬해 잘 알고 있다."

유라가 반색했다. 그녀가 환하게 웃으면 주변이 다 밝아졌다.

"암 장로가……."

무루가 쏘아보자 유라가 급히 말을 바꿨다.

"그러니까 암 장로께서 그런 말을 했다는 게 정말이에요? 호오라!"

유라의 마음속에 마붕권과 혈광비는 적이었다. 앙큼한 내숭 덩어리 계집인 학봉을 좋아하는 배신자였다. 그런데 암 장로가 자신의 편을 들었다는 말에 그녀의 기분이 맑게 개었다.

사실 학봉와 유라 사이에서 편 가르기를 하는 사람은 없었지만 유라는 심중에 자신의 사람을 정하는 중이었다.

마침내 둘은 자신의 목적지였던 청송전장에 당도했다. 건물 안으로 들어서니 몇몇 사람이 분주하게 움직이다가 무루와 유라를 보고 인사를 올렸다.

소령도 장부에 파묻혀 찡그리고 있다가 웃으며 쪼르륵 달려왔다.

"늦으셨네요. 왜 이제야 오셨어요? 설이 언니와 구 호법께서 아까 전부터 식사 차려놓고 기다리고 계세요."

그녀가 움직이자 뒤에 심심한 표정으로 앉아 있던 사굉파파와 종통선생도 따라붙었다.

그러나 아직 무루가 무서운 것인지 가깝게 붙지는 못하고 주변에서 어슬렁거렸다.

무루가 두 태상장로를 한차례 훑고는 소령을 향해 말했다.

"그래, 하던 일이 조금 길어져서 말이다. 그런데 왜 그리 인상을 쓰고 있었던 거냐?"

"휴우, 말도 마세요. 돈을 빌리려는 사람이 어찌나 많은지. 우리 전장이 저리에 돈을 빌려준다는 것이 주변 지역까지 소문이 나서 장난 아니게 사람들이 몰려와요. 그런데 대부분 담보로 잡힐 것도 없고…… 황무지 개간에 나설 만큼 체력이 안 되는 사람도 부지기수고. 사정은 또 딱하고……."

소령의 하소연에 무루가 머리를 쓰다듬어 주었다.

"고생하는구나. 그렇다고 글공부를 게을리하는 건 아니지?"

"어휴, 왜 잔소리 안 하나 했어요. 저 지금 일하는 거 못 보셨어요? 이제 어지간한 글은 읽을 수 있다고요. 그리고 저녁엔 열심히 공부도 계속하고 있고요."

소령이 혀를 날름하고는 뒤쪽으로 달려갔다. 진설과 구위영을 부르러 가는 것이다.

잠시 멍하니 서 있게 된 무루는 돈을 빌리려고 온 몇 명이 앉아서 차례를 기다리고 있는 것을 보았다.

가난과 추위에 지친 얼굴.

왠지 짠한 기분이 들었다.

왜 저들은 저렇게 가난의 무거운 굴레를 어깨에 짊어지고 살아가야 하는 것일까?

부지런하지 못한 사람일 수도 있었다. 그러나 대부분은 성실했고 작은 꿈을 꾸는 자들이었다.

일확천금이 아니라 그저 먹는 걱정, 자는 걱정만 하지 않으면 좋겠다는 소박한 꿈을 꾸는 사람들.

무루의 시선을 쫓은 유라도 괜히 마음이 심란해졌다.

"오라버니, 너무 침울해하지 말아요. 가난은 나라도 구하지 못한다잖아요."

"글쎄. 과연 구하지 못하는 것일까?"

"예?"

"구하지 않는 것일 수도……."

유라는 고개를 갸웃거리며 물었다.

"그게 무슨 말이에요? 일부러 구하지 않는다니?"

무루가 한숨을 흘리며 중얼거렸다.

"구하려면 자신의 것을 내놓거나 나누어야 하는데 그들은 내놓기도 나누기도 싫거든. 아니, 그런 방법을 모르는 것일 수도 있겠군. 평생 착취하는 방법만 배웠으니까."

"……."

"오히려 대지주는 자신이 수백의 소작농을 먹여 살리고 있다고 우쭐거리는 것이 현실이다. 소작농들의 가족까지 합해 천 명, 이천 명을 살리는 일자리를 창출하고 있다고 으스대는 것이 현실이다."

"……"

"그러면서 소작농들에겐 그들이 간신히 먹고살 만큼만 내어주지. 싫으면 당장 그만두라고, 너희들 아니어도 일할 사람은 널렸다고 협박하면서. 그러면서 막대한 소출을 자신의 것으로 가져가지. 조금만 더 나눠 주면 될 것을."

"흉년이 들 수도 있잖아요. 그럼 지주도 어렵지 않나요?"

"소작농만큼 어려울까? 지주는 조금 불편해질 뿐이야. 왜냐하면 그동안 착취한 것을 창고에 가득 쌓아놓았으니까. 하지만 소작농은 생사가 갈리지."

"그러네요."

유라가 고개를 끄덕였다. 물론 중소 지주들은 정말 어려운 사람도 많았다. 그러나 천하의 수많은 백성들이 겪는 고통에 비한다면 새 발의 피였다.

"한심한 일이다. 백성들이 원하는 것은 권력도 힘도 아닌데…… 관두자. 쓸데없는 얘기를 했다. 어차피 세상은 변하지 않는 것을. 역사 이래 단 한 번도 백성을 위한 진정한 개혁과 혁명은 성공하지 못했거늘."

무루가 고개를 저으며 돌아서자 진설과 구위영이 다가왔다. 진설이 눈을 빛내며 말했다.

"총호법님의 말씀이 옳긴 하지만 조금 거북스러운데요. 저희도 이젠 많은 땅을 소유한 대지주기도 해요. 아직은 황무지에 불과하지만 말이죠. 호호호."

구위영이 스스럼없이 진설의 허리를 두르며 거들었다.

"그래도 우리는 탐욕 가득한 기득권과는 다르지 않소? 어떻게든 나눠 주려고 애쓰고 있으니. 그래서 지금 이렇게 머리가 지독히 아픈 것이고. 어쩌면 대지주나 기득권층이 이익을 나누기 싫어하는 건 저희들처럼 머리 아프게 고민하기 싫어서일지도 모르겠습니다. 허허허."

구위영의 허리를 안는 대범한 행동에 진설이 배시시 웃으며 얼굴을 붉혔다. 그러나 구위영의 손을 피하지는 않았다.

유라가 입을 쩍 벌리며 손가락질했다.

"어머머머! 벌건 대낮에 그 무슨? 이젠 아주 대놓고!"

구위영이 지지 않고 맞섰다.

"사매께서 그토록 우리를 훔쳐보고 괴롭히니 아예 이렇게 하기로 했습니다. 허허허."

유라의 얼굴이 시뻘겋게 달아올랐다. 어이없으면서도 한없이 부러웠다.

구위영은 유라가 꼬투리를 잡기 전에 냉큼 화제를 돌렸다.

"형님, 늦으신 것을 보니 뭔가를 알아내셨나 봅니다."

구위영은 가볍게 청동환을 주변에 몇 개 슬쩍 뿌리며 간단한 주문을 읊조렸다. 소리가 밖으로 새어 나가지 않게 차단하는 진이었다.

"그래, 잔월궁주가 모든 것을 다 밝혔다. 총사의 처참한 모습을 보더니 두려웠던 모양이다."

구위영의 눈이 빛났다.

"적검왕께서 준 서찰의 내용과 동일합니까?"

"그런 것 같다. 그런데 적검왕 어르신이 준 서찰엔 호혈약에 대한 언급이 없었다. 잔월궁주도 그것에 대해서는 전혀 모르는 것 같고."

"총사는 여전히 침묵입니까?"

무루가 고개를 주억거렸다.

"적이긴 하나 그 고집만큼은 인정할 수밖에 없는 놈이다. 어쨌든 놈은 결국 노야나 그의 직전제자, 혹은 원탁의 사람들이 자신을 구해주리라 확신하고 있는 것 같아. 거의 맹목적인 믿음인 것이지. 그리고 자신이 진실을 말하면 쓸모가 없어져 우리가 죽일 것이라는 생각도 하고 있는 듯하고."

그의 말에 진설의 눈가가 살짝 일그러졌다. 가족의 원수인 그를 두둔하는 것같이 들린 것이다.

무루가 그런 진설에게 말을 건넸다.

"곡해는 하지 마시오. 다만, 난 진충 어르신의 진정한 원수를 찾는 데 신중하려는 것뿐이니까. 그저 정황 추측만으로 애꿎은 사람을 원수로 몰 수는 없지 않겠소?"

진설이 미소를 지으며 답했다.

"오해하지 않았으니 신경 쓰지 않으셔도 됩니다. 저 역시 신중하게 판단해야 한다고 생각하니까요. 그런데… 적검왕께서 주신 그 서찰은 무림맹에 보내야 하지 않겠습니까?"

"사안이 너무 커서 그들이 믿어줄지는 모르겠으나 이미 연통을 넣었소. 아마 사나흘 정도 후에는 도착할 것이오."

진설과 구위영이 고개를 끄덕이며 자신들이 할 수 있는 것은 다 했다고 생각했다. 그때 유라가 불쑥 질문을 던졌다.

"그런데… 그 적검왕 할아버지가 깨어난 다음에 함께 싸우자면 어떻게 할 거야?"

구위영이 대꾸했다.

"뭐, 굳이 그런 큰 싸움에 휘말릴 이유가 있겠습니까? 허허허. 어차피 무림이란 것은 정파와 사파 그리고 음모를 꾸미는 자들이 늘 치고받고 싸우는 곳인데."

그의 말에 유라가 혀를 내둘렀다.

"우와아! 사형 많이 변했네. 언제는 세상에 나가 약자를 도와 정의와 협을 이 땅 위에 굳건히 세운다며? 아주 치마폭에 휩싸였구나! 자칭 협객이 여자 때문에 이렇게 변해도 되는 거야?"

"천하에 널리고 널린 게 협객인데 굳이 나까지 나설 필요가 있겠습니까?"

그러면서 진설을 바라보는 구위영. 마주 보며 웃는 진설.

유라뿐만 아니라 무루까지 닭살 돋았다.

"위영아, 아주 좋아 죽는구나, 죽어."

"허허허. 형님도 어서 애인 하나 만드십시오!"

"그래, 이 녀석아. 배알이 꼴려서라도 그렇게 해야겠다."

유라가 반색하며 무루의 팔짱을 꼈다.

"정말? 그러면 나와 애인 하는 거야?"

그녀 때문에 구위영과 진설이 폭소를 터뜨렸다. 무루는 고개를 절레절레 흔들며 말했다.

"어서 점심이나 먹으러 가자. 내가 늦어 우리 제수씨가 배가 고플 터인데."

그의 말에 진설의 얼굴이 더욱 붉어졌다.

넷은 그렇게 웃으며 전장의 후원으로 이동했다. 이동하는 넷은 웃고는 있었지만 모두가 속으로는 심각한 고민을 하고 있었다.

적검왕과 그 세 제자가 벌써 엿새간 깊은 잠에 빠져 있었다. 그들이 깨어나고야 호혈약이나 적들의 규모, 저력에 관한 자세한 이야기를 들을 수 있을 것이다.

그러나 무림의 전설로 숭앙받는 적검왕이 사십 년 넘게 숨어살며 간간이 저항할 정도로 적은 강했다. 현 무림맹과 정파의 힘만으로는 그들과 맞서기 힘들 것이라는 의미였다.

무림이란 대해에 태풍이 몰아치면 그 소용돌이는 천하에 휘몰아칠 것이고, 자신들이라고 예외가 될 수는 없었다.

"뭐, 적검왕이 살아서 빠져나온 셈이니, 별일은 없겠지."

무루가 나직이 혼잣말로 중얼거렸다.

지난 사십오 년간 어둠 속에서 음모를 꾸민 이들이 움직이지 않은 것은 적검왕 때문이었을 까닭이고, 그 적검왕을 잡지 못했으니 지금과 같은 평화가 계속 유지될 수 있을 것이라 무루는 생각했다.

그런 생각이 오판이었다는 사실을 깨닫게 된 것은 바로 다음날 저녁때였다.

와야 할 마붕권과 혈광비는 오지 않고 그들이 보낸 전서구가 청송장원으로 내려앉았다.

전서구가 가져온 서신에는 봉황문의 문주가 암살당했다는 내용이 실려 있었다.

그리고 전장의 일을 마치고 돌아온 구위영과 진설이 놀란 얼굴로 무루를 찾았다.

그들이 들고 온 소식은 무림맹 총타가 정체 모를 적에 의해 무너졌다는 것과 마교가 사십오 년의 침묵을 깨고 중원을 향한 침공을 천명했다는 것이다.

마교의 팔차 중원 침공.

무림맹 총타가 궤멸된 가운데 강호에 들려온 이 소식은 천하를 술렁이게 만들었다.

第六章
밝혀지는 호혈약의 의미

絕代高手
절대고수

1

　자고 일어났더니 세상이 변해 있었다.

　하루가 멀다 하고 놀라운 사건들이 천하 각지에서 일어났
고, 또한 사방으로 퍼져 나갔다.

　동시다발로 터져 나오는 혈사에 사람들은 정신을 차리지
못할 지경이었다.

　무림맹 총타의 궤멸.

　마교의 침공.

　강호에서 제조가 금지되었던 철강시의 등장, 그 괴물들의
제갈세가 습격, 그로 인한 제갈세가 본가에 있던 사람들 전원
사망.

곳곳에 있는 무림맹 지부를 향한 습격으로 지부에 있던 무림 맹도들 대부분 숨짐.

현 십대고수인 남궁세가주의 피습, 목숨을 잃지는 않았으니 중상으로 당분간 활동 불가.

화산파, 무당파의 본산이 불타고 칠 할에 가까운 사상자 발생.

소림사에도 정체불명의 적이 기습.

가까스로 물리쳤으나 돌이킬 수 없는 피해에 십 년간 봉문 선언!

항산에 은거한 전 십대고수, 태청검 암살.

호광칠패 중 사패의 수장들 암살. 삼패는 멸문.

굵직굵직한 사고만 해도 천하 여러 곳에서 일어났고, 명문 중소 방파들의 수장들 암살 건은 헤아릴 수가 없을 지경이었다.

사람들은 세상이 미쳐 돌아간다고 외쳐 댔다.

바야흐로 난세의 도래였다.

청송장원의 회의실에 아홉 명이 모여 있었다.

무루와 구위영, 유라, 암독왕.

급히 달려온 흑살과 유령칠귀.

그리고 전날 잠에서 깨어난 적검왕과 진 그리고 오늘 아침에 깨어난 묘.

적검왕과 진, 묘는 거동이 불편했지만 반드시 해야 할 말이 있다고 우기는 바람에 결국 무루가 고집을 꺾었다.

적검왕의 신분을 알게 된 흑살과 유령칠귀가 대경했지만 자리가 자리인지라 흥분을 감추고 자리에 앉아 호흡을 정리했다.

암독왕이 무루 대신 지난 칠 주야 동안 세상에 알려진 굵직한 사건들을 나열하는 것으로 회의가 시작됐다.

그가 말을 마치고 자리에 앉자 무루가 말했다.

"먼저 적검왕 어르신께서 하고 싶은 말씀을 하시지요."

"먼저 생명을 구해주고 이렇게 치료해 준 점에 대해 감사의 말을 전하겠네."

그가 자리에서 일어나 고개를 숙였다. 그 모습에 사람들이 눈을 부릅떴다.

무림의 살아 있는 전설이 무루에게 먼저 예를 취하는 모습에 몇몇 사람은 숨조차 쉬지 못했다. 제자인 진과 묘는 스승의 파격적인 모습에 당황했지만 따라 일어서 허리를 숙였다.

"구명지인께 감사를 전하오."

"살려주신 은혜 잊지 않겠어요."

무루가 마주 일어나 손사래를 치고는 적검왕에게 정중하게 말했다.

"됐습니다. 모두 편하게 앉아서 본론을 얘기했으면 합니다. 그럼 어르신께서 하고 싶으신 말씀이 있으시다니."

적검왕이 말했다.

"내가 준 서찰을 보아 알겠지만 이건 노야와 그 휘하 자들의 짓이네. 한 공자, 그대는……."

"죄송하지만 공자란 표현은 거북합니다. 말을 잘라 죄송하지만 계속 그런 말을 들어야할 것 같아 무례를 범했습니다. 그저 총호법이라고 불러주시지요."

적검왕이 당황했다가 호칭을 수정했다.

"총호법, 왜 자네와 같은 인재가 이와 같은 상황에 가만히 있는 건가? 부끄럽지 않은가? 놀라운 힘을 가지고 있으면서도 수수방관만 하고 있는 것이!"

유라가 눈을 부릅뜨며 끼어들었다.

"뭐야, 할아버지? 그게 대체 무슨 말이야? 살려주고 치료해주고 있으니까 우리 오라버니를 너무 만만하게 보네?"

그녀의 반응에 암독왕이나 흑살, 유령칠귀는 숨을 들이켰다. 살아 있는 전설에게 저런 무례라니! 그들의 어깨가 절로 움츠러 들 지경이었다.

주변의 분위기가 싸해지든 말든, 무루가 손을 저어 그만두라는 신호를 보내든 말든 유라의 말은 거침없이 계속됐다.

"아니, 솔직히 입은 비뚤어졌어도 말은 바로 하라고 그랬잖아. 지금 여기 있는 암 장로가 하는 말을 할아버지는 대체 어디로 들었어요? 천하 각지에서 벌어지고 있는 일이잖아요.

대체 어디로 가서 누굴 도우라는 거죠?"

구위영도 불쑥 가세했다.

"흠흠. 표현은 거칠지만 사매가 하는 말은 참 옳다고 여겨집니다."

지원군을 얻은 유라가 기세등등해졌다.

"그치? 그리고 도와주러 갔다가 만약 우리 장원이나 표국이 당하면 적검왕 할아버지가 책임질 건가요?"

구위영이 또 거들었다.

"흠흠. 말이 좀 거칠긴 하지만 우리 사매의 말도 일리가 있는 것 같습니다."

"그치? 우리 오라버니가 할아버지 수하도 아니고, 참 은인이지. 세상에 은인에게 부끄러워하라는 말을 하는 사람이 어디 있어?"

한차례 폭풍이 휩쓸고 지나갔다. 적검왕은 당황해 말문을 잇지 못했고, 진과 묘는 기가 차서 입을 쩍 벌렸다.

묘가 벌떡 일어서 소리를 질렀다.

"감히! 새파란 계집이! 이분이 어떤 분인지 알고 그따위 망발을 지껄이는 거냐?"

유라도 따라 일어섰다.

"어떤 분이긴, 우리 오라버니가 살려준 할아버지잖아!"

"뭐라고? 이런 후안무치한 계집 같으니라고."

"넌 계집 아냐?"

"존대를 해라. 너보다 나이 훨씬 많다."

"지랄!"

"뭐? 너 뭐라고 했어?"

"지랄이라고 했다. 내가 한 말 중에 틀린 거 있어? 있으면 지적해 봐! 엉? 얼굴도 못생긴 게!"

"내 얼굴이 왜 못생겼어. 네가 지나치게 요사하게 생긴 거지!"

"뭐? 요사?"

암독왕과 흑살은 차마 볼 수가 없어 눈을 질끈 감았다. 진중해야 할 회의가 갑자기 시장판 싸움으로 변해가고 있으니 한숨만 나왔다.

결국 무루가 나섰다.

"유라야."

"왜요, 오라버니?"

"너 나갈래, 아니면 조용히 경청할래?"

"뭐야? 지금 저 계집애 편드는 거야?"

무루를 비롯한 몇몇이 뒷목을 움켜잡았다. 무루의 얼굴이 점점 차가워지는 것을 본 유라가 찔끔하더니 자리에 털썩 주저앉았다.

"알았어. 조용히 있을게."

그러면서도 그녀의 눈은 묘를 매섭게 쏘아보았다.

진도 입을 열었다.

"묘야!"

"예, 대사형."

"지금 너야말로 사부님의 얼굴에 먹칠을 하고 있는 것을 알고 있는 거냐?"

"하지만 저……."

"그만! 앉아라! 나 역시 마음에 들지 않는 부분이 있다. 그러나 사부님께서 계시다."

그 말에 묘가 입술을 꾹 깨물더니 자리에 앉았다. 그녀 역시 유라를 매섭게 쏘아보면서.

적검왕은 뒷목을 잡았던 손을 풀며 한숨을 한 차례 내쉬었다. 그리고는 무루를 향해 말했다.

"휴우. 그대 사매의 말투가 좀 거칠긴 했지만 일리가 있으니……. 인정하마. 내 생각만 했다. 아니, 천하무림을 생각하니 초조해서 실수를 했구나."

무루가 말을 받았다.

"저 역시 이 녀석의 무례에 대해 사과드립니다. 그러나 제 생각도 이 녀석의 말과 크게 다르지 않다는 점도 더불어 말씀드립니다."

그의 말에 유라의 어깨가 활짝 펴졌다. 적검왕이 갑자기 십 년은 더 늙어 보이는 얼굴로 물었다.

"그럼 자네는… 지금 천하에서 벌어지고 있는 일을 방관만 할 작정인가?"

암독왕이 조심스러운 표정으로 끼어들었다.

"적검왕님, 지금 그것을 논하기 위해 마련한 자리가 아니겠습니까? 천하가 온통 혈겁에 빠져들어 가는 상황, 저희 역시 구경만 하고 있을 수 없다는 것쯤은 압니다. 정말 천하무림이 모조리 저들에게 넘어간다면 우리가 설 곳이 없다는 것을 모를 만큼 어리석지는 않습니다. 그러나 막무가내로 목적도 목표도 없이 무조건 싸울 수는 없는 노릇 아니겠습니까?"

"그렇군. 알겠네. 미안하네. 나는 이제 자네들의 대화를 경청만 하겠네. 그 정도의 양해는 들어줄 수 있겠나?"

잠시 지켜보던 무루가 입을 열었다.

"그전에 궁금한 것이 있습니다. 호혈약에 관한 겁니다."

적검왕의 눈이 빛났다.

"그것은 왜 묻나?"

무루가 허리춤의 호혈약을 꺼내 들었다.

"이것이 호혈약입니다."

적검왕이 웃으며 고개를 저었다.

"허허허. 그건 호혈약이 아니네. 호혈약은 온통 새빨간 핏빛을 지닌 옥피리지."

"제가 이것에 걸려 있는 저주를 풀었더니 색이 변한 겁니다."

적검왕의 눈동자가 흔들렸다. 그는 불신의 눈으로 자리에서 벌떡 일어섰다.

"그, 그 말이 사실인가? 내가 직접 만져 볼 수 있겠나?"

무루가 고개를 끄덕이며 호혈약을 툭 밀었다. 적검왕은 자신의 앞으로 온 옥피리를 손으로 쥐었다. 그리고 꼼꼼히 살피던 그의 전신이 경련을 일으키기 시작했다.

"정말 호혈약인 것 같구나. 이럴 수가! 저주가 풀린 호혈약이라니!"

그는 충격을 받은 표정이었다. 한 서린 영혼들이 풀려난 호혈약은 호혈약이라 부를 수 없었다.

무루가 물었다.

"총사단은 왜 호혈약을 그토록 찾았던 겁니까? 그건 대체 누구의 지시였고 무엇을 위함이었습니까?"

적검왕이 자리에 앉아 호혈약을 계속 살펴보며 입을 열었다.

"호혈약은 고금사대병기 중 하나지. 고금사대병기에 관한 전설을 아나?"

암독왕이 말을 받았다.

"각각의 이름과 그 효용에 관한 것이라면 일단 종류는 피리와 저, 단검과 활 네 가지로서……."

적검왕이 여전히 호혈약을 보며 고개를 저었다.

"후후후. 자네 역시 일반적으로 알려진 것만 말하는군."

"예?"

"고금사대병기는 아주 오래전 고대 무림에 존재했던 것이

네. 어둠이 세상을 지배하던 시대, 마물과 요괴가 사람을 괴롭히던 시대."

무루와 구위영 그리고 유라의 눈동자가 살짝 흔들렸다. 암독왕이 고개를 저으며 물었다.

"그것이 그렇게나 오래된 물건이었습니까?"

"그렇지. 그 네 병기는 절대로 깨지거나 부숴지지 않지. 그리고 각각이 가지고 있는 효용도 엄청나고. 뭐, 그건 중요한 것이 아니니까 넘어가기로 하지."

"그걸 찾는 이는 노야네. 한때 그의 강함과 언변에 속아 내가 제자를 자청하기도 했던 인간이지."

그의 말에 흑살과 유령칠귀가 경악했다. 적검왕이 누군가에게 제자로 받아 달라 요청했다는 사실이 믿겨지지가 않았다.

그러나 적검왕의 서찰을 읽었던 무루 일행은 묵묵히 다음 말을 기다렸다.

"노야가 고금사대병기를 찾는 이유는 간단하네. 그 네 기물을 한자리에 모으려는 것이네. 얘기가 잠시 곁돌았지만 다시 사대병기에 대해 말하기로 하지. 그건 상고시대 마물과 요괴를 지배하는 네 마왕의 신물이네. 강력한 암흑 힘의 상징이지. 그야말로 그들은 무소불위의 힘을 지니고 있었지. 그런 마왕들에게 저항하는 사람들이 생겼는데, 그 조직을 천부(天府)라 하네."

구위영과 유라의 숨소리가 커졌다. 그들조차 모르는 비밀이 지금 적검왕의 입에서 흘러나오고 있었다.

흑살이 입을 열었다.

"천부라……. 처음 듣는 이름입니다."

"잊혀 버린 신화지. 아! 신화라고 말하는 것에서 유추할 수 있겠지만, 천부의 사람들은 정말 신화를 탄생시켰네. 그들은 마왕을 물리치고 세상을 암흑에서 구출했지. 마물과 요괴를 몰아냈지."

흑살이 고개를 절레절레 저었다.

"그야말로 허무맹랑한 이야기 같습니다."

구위영이 발끈하려고 했지만 적검왕의 얘기가 이어지니 꾹 참았다.

"하지만 실제로 있었던 일이네. 각설하고, 천부에 패한 네 마왕은 죽었지만 그들이 가지고 있던 사대병기는 어디론가 사라졌네. 암흑을 섬기는 인간들에게 의해서. 천부의 부주도 이것을 알았지만 그리 대수롭게 여기지는 않았어. 마왕이 아닌 인간에게 그 기물들은 조금 대단한 무기였을 뿐, 세상을 위험에 빠지게 할 만큼 치명적인 것은 아니라 판단한 거겠지."

무루는 그 순간 머리가 띵하니 울렸다.

팔관에서 천신공이 마지막 순간 자신에게 했던 말이다. 눈꺼풀이 닫히고 기억이 잠기면서 까맣게 잊었던 천신공의 마지막 말이 벼락처럼 머릿속에 떠올랐다.

"기억하라. 승리의 환희에 찬 나는 마왕의 기물들을 회수하는 일에 소홀했다. 마왕이 사라졌음으로 위협적이지 않을 것이라 생각했고, 그 기물의 지닌 힘이 크나 사람의 힘으로 충분히 대적할 수 있다 여긴 것이다. 만약 네 기물이 모두 세상에 등장한다면 반드시 회수해라. 그렇지 않으면 다시 암흑의 세상이 도래할 것이니."

무루는 곤혹스러운 표정으로 여전히 적검왕이 들고 있는 호혈약을 보았다.

운명이었던가?

자신이 이천오백 년의 침묵을 깨고 천부의 주인이 된 것은 그리고 진설에게 호혈약을 건네받고 기물에 서린 저주를 푼 것은.

적검왕의 이야기는 여전히 진행 중이었다.

"네 기물을 한데 모아 그 힘을 다 흡수한다면 그자는 마왕이 되는 것이네. 인간으로서는 상상할 수 없는 힘을 지니게 되고 불사의 신체를 갖게 되지. 또한 인세가 아닌 다른 세상, 즉 마계란 곳에서 다른 마왕을 호출할 수도 있게 되지."

흑살이 말을 받았다.

"그러니까 그 노야란 자는 전설을 믿고 고금사대병기를 찾고 있다는 말씀이시군요."

"그렇다네. 그리고 그는 이미 세 가지를 다 취했네."

"휴우. 그 이야기를 어디까지 믿어야 할지는 솔직히 모르겠습니다. 그러나 중요한 것은 마지막 기물인 호혈약은 지금 무루의 손에 있고, 또한 저주가 풀려 버린 것이니 기물이 아니지 않습니까?"

"허허허. 그렇지."

적검왕이 웃음을 터뜨리고는 말을 이었다.

"내가 노야를 배신한 것은 그가 그런 흉악한 야심을 품고 있다는 사실을 알게 되어서였네. 어쨌거나 묘하군. 그가 그렇게 꿈꿨던 불사의 꿈이 불가능하게 되었다는 것을 알게 되면 대체 어떤 표정을 지을지."

무루가 팔짱을 끼며 생각에 골몰하다가 물었다.

"세 가지의 힘만 흡수하게 되면 어떻게 되는 겁니까?"

"응?"

적검왕은 당황했다.

자신이 알아낸 전설은 네 가지 기물을 흡수하는 것에 대해서이다.

"그렇군. 그럴 수도 있겠군. 미처 그것까지는 생각하지 못했어. 네 가지를 흡수할 수 있다면 세 가지도 흡수할 수 있겠지. 아아."

적검왕이 탄식하며 호혈약을 탁자 위에 내려놓았다.

"굳이 그것들의 힘을 흡수하지 않은 노야도 무적이었다. 그런데 그 힘을 흡수한다면……."

그는 말을 흐렸다. 그리고 침묵에 빠져들었다.

아득한 심연의 절망 속으로 깊게 가라앉았다.

무루는 적검왕을 잠시 보다가 고개를 젓고는 흑살에게 물었다.

"일단 우리는 저들의 본거지가 어디인지 모르니 찾아 나설 수는 없는 입장이네. 그리고 유라의 말처럼 어디가 습격 받을지 알 수도 없으니……. 현 상황에서 무림에 힘을 보탠다는 건 무리가 있어."

흑살은 턱을 문지르다가 대꾸했다.

"무슨 말인지 알겠네. 지금 우리가 할 수 있는 것을 하자, 그런 뜻 아닌가?"

"맞아. 자네가 잔월궁을 맡아주었으면 좋겠네."

"그래야겠지. 어차피 우리는 그동안 놈들의 움직임에 공들인 덕분에 잔월궁 자객들의 육 할 이상의 활동을 파악하고 있네. 살문의 힘을 총동원해서 최대한 단시일에 그들을 제거할 생각이야."

"살문의 힘만으로 가능하겠나?"

"우리를 무시하는군. 잔월궁의 최강 핵심 다섯을 자네가 처리해 주지 않았나. 그리고 그들은 우리가 노리고 있다는 것을 몰라. 처리해야 할 대상자들에게만 눈독을 들이고 있지.

우리가 이길 수밖에 없는 승부야."

진이 다행이라는 얼굴로 끼어들었다.

"속속 자행되고 있는 암살자들을 제거할 수 있다면 그것만으로도 무림에 큰 힘이 될 것입니다."

흑살이 엷은 미소로 화답했다.

"그렇게 생각해 주시니 고맙습니다. 어쨌든 여기 있는 총호법은 할 수 있는 도움을 무림에 주게 될 것입니다. 그러니아까 처음에 했던 말에 너무 서운해하지 마십시오."

"아닙니다. 제 사부님 말씀처럼 너무 저희 생각만 했었던거지요. 그리고 이런 식으로라도 정파무림에 힘을 보태주시면 저들의 계획은 많이 미뤄지게 될 것입니다. 일단 시간을버는 것이 지금은 가장 중요합니다. 또한 사부님이나 저희들이 조금 더 몸 상태가 좋아지면 세상으로 나가 무림맹을 재건할 생각입니다."

"예. 한시라도 빨리 완쾌하시길 기원하겠습니다."

묘한 장면이었다.

자객은 사파였다.

그리고 적검왕 일행은 정파의 대표 격 인물들.

흑살도 그것을 느꼈는지 서둘러 무루를 향해 하려던 말을꺼냈다.

"잔월궁은 우리가 처리하겠네. 대신 부탁이 있네. 자객루(刺客樓)를 자네가 맡아주게. 본 문이 잔월궁과 충돌이 붙었음을 알면 그들은 분명 어부지리를 노릴 거야."

자객 집단의 서열 일위가 잔월궁이라면 이위는 자객루였다. 그리고 삼위는 살문.

"그런 일이 발생한다면 지체 않고 돕지."

흑살의 얼굴이 환하게 밝아졌다.

"그거면 됐네. 좋아, 내 볼일은 끝났네."

암독왕이 의아한 어조로 물었다.

"겨우 그것 때문에 직접 온 것이오? 그렇다면 연통을 넣었어도 되었을 것을."

"하하하. 아무리 그래도 직접 눈으로 이곳의 움직임을 확인하는 것만큼은 아니지요. 그리고 총호법의 눈도장도 찍을 겸해서. 원래 사람이란 것이 안 보면 잊히는 것이 아니겠습니까?"

암독왕이 고개를 주억거렸다.

"그 말씀은 일리가 있군요. 왠지 이해가 갑니다. 허허허."

그렇다.

암독왕은 자신이 흑살의 입장이라 해도 자주 무루와 직접 얼굴을 맞대고 싶어할 것이란 생각을 했다. 사람의 친분은 역시 직접 보는 것만 한 것이 없었다.

흑살이 앞에 놓인 차를 마시며 물었다.

"그럼 총호법께서는 이제 어디로 행차하실 건가? 역시 봉황문이겠지? 호광칠패가 이틀이 멀다하고 하나씩 무너지고 있는 상황이니. 놈들이 움직이는 거리와 행선을 파악하면 봉황문은 사흘 뒤야."

무루가 고개를 끄덕이자 유라가 눈에 쌍심지를 켰다. 학봉 이수린이 있는 곳에 오라버니만 보낼 수는 없었다. 그건 절대 불가한 일이었다.

"나도 따라갈 거야."

무루는 그럴 필요 없다는 말을 하려다 정말이지 아주 간절한 유라의 눈망울에 멈칫했다. 그 맑고 투명한 동그란 눈동자에 어리는 간절함이라니!

구위영이 묘한 미소를 짓다가 유라를 지원했다.

"형님, 그렇게 하시죠. 요즘 장원은 딱히 할 일도 없습니다. 그리고……."

구위영의 눈동자가 슬쩍 옆으로 돌았다. 그 방향에 있는 인물은 묘였다. 형님만 혼자 떠나면 유라와 묘 사이가 어떻게 악화될지도 모른다는 경고였다.

무루는 한숨을 삼키며 유라의 청을 수락했다.

"끼아악!"

신난 유라의 목소리가 회의실을 뒤덮었다. 동시에 구위영의 입가에도 진득한 미소가 흘렀다.

'우리를 그렇게 몰래 감시하던 유라가 사라지는구나. 으허허허허!'

정말이지 모처럼 구위영과 유라가 동시에 신났다.

2

운풍각주는 정말이지 미치고 팔짝 뛸 지경이었다.

한무루가 거처하고 있는 청송장원.

그는 벌써 이틀째 그곳에 잠입하려는 것을 실패했다.

어마어마한 경계가 서 있는 곳도 자신은 마음대로 들어갈 능력이 있는 소유자였다.

자객이 아님에도 불구하고 자객보다 훨씬 뛰어난 은신술을 자랑하는 자신이었다.

그런데 그리 높지도 않은 담벼락.

문이나 담벼락, 그 어디에도 경계병이 없는 이 허술함의 극치를 달리는 청송장원의 안으로 그는 당최 들어갈 수가 없었다.

담을 훌쩍 넘는가 싶으면 어김없이 착지하는 곳은 자신이 뛰었던 바깥이었다.

화가 치밀어 내력을 조금 일으켜 단숨에 돌파하려다가 거센 반탄력에 의해 이마가 길게 찢어지는 부상까지 입은 터다.

"빌어먹을! 대체 무슨 이런 황당한 진이 있단 말인가?"

은풍각 활동을 하다 보면 정보를 얻어내기 위해 깊은 곳까지 잠입할 경우가 종종 있다. 그리고 무림 방파들은 중요한 곳에는 진법을 설치해 두는 경우가 드물지 않게 있었다.

그렇기에 은풍각주는 진법에도 상당한 공부를 기울였고, 은신술과 함께 진법도 정통하다고 자부했다.

그가 내세우는 그 두 가지 자신감이 저 별 볼일 없는 고색 창연한 담벼락 앞에서 산산이 무너져 내렸다.

그는 삼경을 다가오는 늦은 밤인데도 포기하지 않고 청송 장원의 담벼락을 빙글빙글 돌았다.

'틈이 있을 것이야. 아주 작은 틈이라도. 난 찾아낸다. 반드시. 이대로 허무하게 돌아가면 책사에게 망신을 당하게 된다.'

여간해서는 표정 변화 없는 냉막한 그의 얼굴에 초조함이 어렸다. 그런 그의 눈에 이채가 스쳤다.

두 개의 그림자.

장원의 뒤쪽 담벼락을 안에서 밖으로 뛰어넘는 이들이 있었다.

일남일녀.

운풍각주는 내심 쾌재를 불렀다.

기다리면 역시 문은 열리는 법이었다. 저들을 잡아 족치면 들어가는 방법을 알 수 있을 터.

그는 그가 펼칠 수 있는 최대한의 은신술을 써서 은밀히 접근했다. 눈치라도 채서 소리를 지르면 말짱 도루묵이었다.

"아이, 부끄럽게."

여인의 교태 묻은 목소리가 달달했다.

"흠흠. 못 참겠습니다, 소저."

"내일 아침 일찍 우호법이 총호법님을 따라 떠나신다면서 요. 그럼 내일 밤에."

"저한테는 일각이 여삼추! 더 이상 저를 고문하지 마십시 오."

"그렇다고 이 추운데 밖에서요?"

구위영과 진설이었다.

막 사랑이 불붙기 시작한 청춘은 대담무쌍했다.

"걱정하지 마십시오. 제가 뜨거운 사막으로 모시겠습니다. 허허허."

구위영이 품속에서 청동환을 꺼내 들어 툭툭 멀리 던졌다.

"아주 큰 사막입니다. 그 사막 가운데 멋진 정자가 있 고……"

담벼락에 붙어 다가가는 은풍각주는 속으로 혀를 찼다.

'좀 모자란 놈인가? 웬 사막? 그리고 사막에 정자? 뜬금없 이 왜?'

은풍각주의 눈이 휘둥그레졌다.

"어?"

자신도 모르게 말이 입 밖으로 튀어나왔다.

사막이 있었다.

아니, 자신이 사막 위에 있었다. 그리고 눈앞에 정자가 있 었다. 화려하기 그지없는 멋들어진 정자였다.

정자의 이층에 있던 구위영과 진설도 은풍각주를 보았다.
진설이 부끄럽다는 듯이 말했다.

"어머! 구경꾼은 너무 심하잖아요?"

구위영이 난감한 얼굴로 이마를 긁적였다.

"그게, 그러니까……."

구위영과 운풍각주는 서로 마주 보며 곤혹스러운 표정을
지었다.

진설이 구위영의 가슴에 안기며 속삭였다.

"아무리 허상이라도 부끄럽단 말이에요."

"허허허. 그게 참……. 허상이 아닌 것 같습니다."

"예?"

"하필 이 행복한 순간을 망치다니. 쩝."

구위영은 입맛을 다시며 운풍각주에게 물었다.

"누구십니까?"

운풍각주는 멍청한 시선으로 구위영을 보았다. 그의 얼굴
에 항상 어려 있던 냉막함은 아예 자취를 감췄다.

믿을 수가 없었다.

이건 정말이지 완벽한 사막이었다.

그는 이를 악물고 뒤쪽으로 힘껏 경공을 펼쳤다.

"헉!"

운풍각주의 얼굴이 울상이 되었다.

몸이 제자리 뛰기를 하고 있었다.

그는 후퇴를 포기하고는 살기를 담아 정자의 구위영을 향해 달려들었다.

"컥!"

역시나 몸은 제자리에서 팔딱팔딱 뛰었다.

구위영이 정자의 난간에 기대며 말했다.

"사막에선 이동 못하게 했습니다만……."

"놈, 당장 진을 풀어라. 그렇지 않으면 네 목을 쳐버리겠다."

은풍각주는 옆구리에 꽂아둔 열 개의 비수 중 두 개를 들어 획 던졌다. 죽이지는 않고 일단 협박용이었다.

푸쉬쉬쉬.

앞으로 쇄도하던 비수가 포물선을 그리며 모래 위에 떨어졌다. 그런데 비수가 떨어진 곳은 자신의 발등이었다.

"으아아악!"

은풍각주는 비명을 지르며 비수를 빼고는 발을 움켜잡았다.

구위영이 안쓰러운 어조로 말했다.

"뭐, 던지는 것도 제자리입니다만."

은풍각주는 그때부터 진을 빠져나가기 위해 할 수 있는 모든 것을 다 시도했다.

검을 휘둘렀다.

앞으로, 옆으로, 위로, 아래로, 뒤로!

검기를 담아 휘둘렀고, 힘껏 몸을 옆으로 내던져도 보았다.

장풍을 쐈다. 권경을 펼쳤다.

그는 자신이 알고 있는 모든 초식을 펼쳤고, 진을 빠져나가는 모든 방법을 모조리 다 시도했다.

"헉헉! 이 무슨 말도 안 되는 진이 있단 말인가?"

마침내 그는 양손을 다 들고 말았다.

사막의 열기는 뜨거웠다. 그 뜨거운 곳에서 한참 난동을 피웠으니 몸은 온통 땀으로 범벅이었다.

진설이 구위영을 보며 물었다.

"사막은 정말 더운가 보네요?"

"예. 여기만 시원하지요."

"저 사람이 빠져나갈 수 있는 방법은 있나요?"

철퍼덕 주저앉은 운풍각주의 귀가 쫑긋 섰다.

"허허허, 물론 있지요."

"그래요? 그럼 절대 가르쳐 주지 마세요."

"알겠습니다."

운풍각주는 복장이 터져 죽을 것만 같았다. 그의 노기가 담긴 고함이 빽 터졌다.

"야! 당장 이 진을 해체해라!"

"그전에 당신의 정체부터 밝히는 것이 예의가 아니겠습니까?"

운풍각주는 잠시 머리를 굴리려다가 우연히 지나가던 사

람이라고 말하려 했다. 그런데 진설이 먼저 입을 열었다.

"설마 지나가는 과객일 뿐이오, 뭐 이런 식상한 말은 하지
않겠지요?"

"설마 바보도 아니고 그러겠습니까? 허허허."

운풍각주는 이를 바득바득 갈다가 최후의 결단을 내렸다.

"흥! 좋다. 어차피 진 안에 갇힌 건 너나 나나 마찬가지가
아닌가? 네놈도 밖으로 나가기 위해서는 진을 풀어야 할 터!"

진설이 눈을 치켜뜨며 구위영을 바라보았다.

"저 말이 일리가 있는데요?"

"허허허, 그럴 리가 있겠습니까. 제가 제 진을 변형시키는
건 일도 아니지요."

그러더니 청동환 네 개를 꺼내더니 정자의 기둥 사이로 주
문을 외우며 던졌다.

그러자 기둥 사이로 동그란 문이 생겨났다.

"우리는 저 문을 열고 나가면 됩니다."

"그럼 저 사람은요?"

"계속 저기에 있어야지요."

"언제까지?"

"정체를 밝힐 때까지죠. 허허허."

그렇게 둘은 문을 열고 사라졌다.

운풍각주는 멍하니 둘이 사라진 곳을 바라보다가 소리를
질렀다.

"어이!"

정적.

"정말 너희만 나간 거냐?"

역시 정적.

"야이, 빌어먹을 놈아! 당장 돌아오지 못해?"

그 순간 하늘에서 벼락이 떨어졌다.

번쩍.

"커흑."

이루 말할 수 없는 고통이 운풍각주의 전신을 휩쓸었다. 온몸에 경련이 일어나 부들부들 떨렸다.

그리고 하늘에서 목소리가 들렸다.

"어떻게 하신 거지요?"

"하하하, 저자가 나한테 욕을 하기에. 뭐 이렇게 작은 돌을 잡고 저자에게 던지면 됩니다."

"이렇게요?"

번쩍!

"끄아아악!"

하늘에서 다시 목소리가 들렸다.

"정말 신기하네요."

"어어, 그 돌은 너무 큽니다."

"어머, 벌써!"

번쩍, 번쩍, 번쩍!

벼락이 세 번 잇달아 떨어져 운풍각주를 관통했다. 그의 눈에 눈물이 핑 돌았다. 사십 년 만에 흘리는 눈물이었다.

"차라리 그냥 죽여라, 이 빌어먹을 연놈들아."

그는 부르르 떨다가 이내 기절했다.

第七章
음모첩중(陰謀疊重)

절대
고수

絶代高手

1

구위영과 진설이 진 안에 갇힌 은풍각주를 희롱하고 있을 때, 무루는 청송단(靑松團)의 단주 이진표와 함께 청송표국에서 돌아오는 길이었다.

청송단은 흑룡근이란 이름을 바꾼 것이다. 그리고 청송단주 이진표는 흑룡근의 부근주였던 인물이다.

하늘엔 구름이 깔려 있어 달과 대부분의 별이 드러나지 않는 어두운 밤이었다.

이진표가 무루 옆에서 나란히 걸으며 입을 열었다.

비록 그들이 걷는다고는 하지만 한 걸음에 일 장씩 쑥쑥 앞으로 이동하는 중이었다.

"총호법님, 표국에도 본단의 수하들을 어느 정도 배치해 두는 것이 좋지 않겠습니까?"

"아니, 그리 크지도 않은 작은 표국일 뿐이야. 소유량 아저씨에게 두 명의 호위를 붙인 것으로도 충분해. 그리고 아저씨한테 당분간은 표국 활동을 중지하고 내부 단속에 전념하라 전했으니 별다른 문제는 없을 거야."

"그래도 마음에 걸립니다. 소유량 국주님은 총호법께 매우 소중한 분으로 알고 있습니다. 본단의 수하 중 열 명만이라도 표국에 거주하게 해주십시오."

무루는 엷은 미소를 지었다. 이진표의 자신을 배려하는 마음씀씀이가 가슴으로 전달됐다. 이진표가 거듭 간곡하게 청했다.

"물론 저 역시 이번 총호법님의 출타 중에 변고가 생길 것이라 생각하지는 않습니다. 세상은 아직 우리의 힘을 모르고 있으니까요. 하지만 그렇다고 방비를 소홀히 해서는 안 될 것이라 생각됩니다."

무루가 고민하다 그의 청을 받아들였다.

"알았네. 그렇게 하도록 하지. 하지만 지금처럼 단원들이 돌아가면서 호위 임무를 맡도록 하게. 열흘에 여드레는 계속 수련에만 몰두해야 해."

"예, 그리 하겠습니다. 또한 전장의 경계도 늘려야 하지 않겠습니까?"

무루가 이번에는 단호하게 고개를 저었다.

"그럴 필요 없어. 자네가 보기엔 좌호법인 구위영이 약간의 잔재주나 가진 비리비리한 모습으로 보이겠지만 그 녀석은 나와 같이 수련한 사제와 같은 녀석이야."

이진표가 당황하며 고개를 숙였다.

"좌호법을 무시하는 것은 결코 아닙니다. 제가 어찌……."

하지만 솔직한 그의 속내는 구위영이 불안해 보였다.

좌호법이 진법에 정통하다는 것은 잘 알고 있지만 무공이 약해서 싸움이라도 일어나면 가장 먼저 죽을 것 같았다. 게다가 안색도 창백하고 몸도 야윈 편이라서 불안감은 더 컸다.

반대로 우호법인 유라는 청송단에게 존경의 대상이었다. 여자인데도 불구하고 수련 때 보여주는 고강한 무공 실력은 볼 때마다 놀라웠다. 어떻게 그렇게 아름다운 여인이 엄청난 신기를 줄줄이 쏟아내는지 믿겨지지 않을 정도다.

"후후후, 과연 그럴까? 사람들은 구위영의 진가를 모르지. 하지만 나중에 위기에 처하면 녀석의 진짜 힘을 알게 될 거다."

"예."

이진표는 군말 없이 대답했다. 주군이 그렇다면 그런 것이다. 그는 그렇게 생각했다.

자신은 아직도 가끔 그날의 일을 꿈으로 꾸고 있었다.

혈혈단신으로 흑룡문으로 들어와 흑룡왕과 장로들을 잠재

우던 장면을. 그의 일보에 흑룡문 전체가 물러서던 광경을.

그와 청송단에게 무루는 하늘과 같은 존재였다.

그리고 청송전장은 구위영 말고도 소령을 졸졸 따라다니는 사꽹파파와 종통선생이 있다. 그렇게 생각하니 큰 문제는 없을 것이라 여겨졌다.

잠시 그렇게 이동하던 그들에게 저 멀리 지평선 위로 청송장원이 거뭇한 모습으로 보이기 시작했다.

이번엔 무루가 먼저 입을 열었다.

"난세가 시작됐다. 아마 많은 피가 흐르겠지. 그리고 그 혈겁은 점차 우리에게도 조여들 거야. 결국 피할 수 없는 싸움을 하게 될 거란 말이지."

"예, 짐작하고 있습니다."

이진표는 입술을 꾹 깨물었다.

"아직 이 난세에서 우리가 무엇을 해야 할지 구체적으로 정해진 건 없다. 일단 지금은 이곳을 평소처럼 지키되 우리가 당면한 일들을 해나갈 생각이야."

"암 장로를 통해 들었습니다. 낮에 있던 회의에서 그렇게 하기로 결정하셨다고. 저와 청송단원은 그저 주군을 따를 뿐입니다."

"일단 지금은 이곳을 지키는 것에는 큰 문제가 없어. 아무도 우리를 경계하지 않을 테니까. 하지만 향후에는 그것이 바뀌게 될 공산이 크지. 그래서 말인데, 자네의 무공 수위는 어

느 정도지? 청송단원의 평균 수준은?'

이진표의 얼굴에 곤혹스러움이 피어났다.

만약 이 질문을 예전 흑룡근 시절에 들었다면 그는 가슴을 당당히 펴고 대답했을 것이다.

자신은 오백위에는 들지 못하나 검강을 시현할 수 있는 초절정고수이고 수하들 절반은 절정고수, 일류고수들로 그야말로 막강한 정예 집단이라고!

그러나 지금 자신들은 장원에서 가장 바닥의 무인이었다. 외부의 다른 사람들이 들으면 말도 안 되는 일이라 주장하겠지만 자신들보다 밑인 자들이 없으니 어쩔 수 없는 현실이었다.

이진표가 곧바로 대답하지 못하고 머뭇거리자 무루가 말을 이었다.

"자네는 달포 안에 오백위 수준으로 올라서야 할 거네."

이진표의 눈빛이 강렬해졌다.

그는 무루가 세 번의 운기조식을 도와준 기연으로 인해 내공이 예전에 비해 훨씬 심후해졌다. 또한 기에 대한 이해도 높아졌다.

"반드시 이루겠습니다."

"오백위의 끝자락을 말하는 것이 아니야. 그 안에서 중간 이상으로 올라서야 해."

"……!"

"그리고 수하들 절반은 검강을 시현할 수 있게 만들고, 나머지도 절정고수의 경지까지 올라서야 한다."

"음……."

모두가 한두 단계 이상씩 올라서란 말이다.

고수라 불리는 경지에 오르면 더 위쪽의 단계로 올라가는 시간이 매우 더디다.

내공이 한순간에 느는 것도 아니고, 기와 초식에 관한 깨달음이 필요했기 때문이다. 그럼에도 불구하고 시간만 넉넉하다면 충분히 가능한 일이었다. 무루와 유라가 틈틈이 자신들의 수련을 도와주었기에.

아마 나중엔 백 명에 이르는 경천동지할 집단이 탄생할 것이다. 흑룡문의 삼대무력단체가 아닌, 천하에서 최고, 최강의 무력 집단으로 말이다. 그러나 세상의 모든 것이 그렇듯 시간이 문제였다.

"달포는 조금……."

"해라. 할 수 있을 것이다. 좌호법이 너희를 위해 준비하고 있는 것이 있으니까."

"예? 좌호법께서 무엇을?"

"그 녀석이 수련에 최적인 진을 완성시켰다. 지금 하고 있는 수련보다 훨씬 고통스럽겠지만 포기하지 말고 도전해라. 그러면 최단의 시간에 풍성한 결실을 볼 수 있을 것이다."

"아! 알겠습니다. 이리 배려해 주시니 반드시 완수하겠습니다."

"내가 청송단의 수련을 지독하게 시킨다는 것은 알고 있다. 불만도 있겠지."

이진표가 손사래를 쳤다.

"아닙니다. 그런 불충한 생각은 한 번도 한 적이 없습니다. 오히려 깊어지는 공력과 강해지는 자신의 모습을 보며 모두가 기뻐하고 있습니다. 그리고 저희들은 지금 받고 있는 대우가 얼마나 후한 것인지 잘 알고 있습니다. 예전 흑룡근 시절보다 곱절은 대우해 주시니……."

"후후후, 힘든 것 잘 알고 있다. 그래도 더 강해져라. 나는 앞으로 난세에서 벌어질 싸움에…… 그대들을 하나도 잃기 싫으니까."

"……!"

이진표의 눈동자가 흔들렸다. 가슴속에서 뭔가가 욱하고 치밀어 올랐다.

문제는 이런 감정이 처음이 아니란 점이다. 주군이 자신들을 풀어줄 때도 이런 감정이 들었다.

홀로 흑룡문에 들어와 구해줄 때도 그랬다. 손수 자신들의 내공을 살펴주고, 수련 중 잘못된 점을 지적해 줄 때도 그랬다.

'난 행복한 놈이다. 이런 주군을 모실 수 있다니.'

그의 입에서 호기로운 말이 떨어졌다.

"반드시 주군의 기대에 부응하겠습니다. 못 따라오는 수하들이 있으면 두들겨 패서라도 이루게 할 것입니다. 반드시!"

"팰 것까지야……. 어쨌든 좋아. 머지않은 시기에 나와 천하를 질주하게 될 거다. 낙오하는 사람은 장원에서 빗질이나 해야 할 거라고 단원들에게 전해."

이진표는 빙그레 웃으며 씩씩하게 답했다.

"옛! 꼭 전하겠습니다."

그는 가슴이 뻐근해졌다. 상상만 해도 가슴이 두근거렸다.

주군을 모시고 전장을 누빈다는 것.

그의 손에 힘이 절로 꽉 들어가고 등허리가 꼿꼿하게 펴졌다.

2

무루와 이진표가 장원에 들어섰을 때 연무장에는 구위영과 진설이 실신한 운풍각주를 질질 끌고 있었다.

"어? 형님, 오셨습니까?"

"그자는 뭐냐?"

진설이 답했다.

"주변을 어슬렁거리던 자를 좌호법이 잡았어요."

구위영이 딸랑 하나 켜 있는 화톳불 옆에 운풍각주를 두고는 춥다는 듯이 손을 호호 불며 불을 쬤다. 이진표는 과연 저렇게 출싹거리는 모습의 사람을 어디까지 믿어야 하는지 고민이 살짝 들었다.

무루가 다가와 운풍각주를 보자 진설이 물었다.

"아는 사람인가요?"

"초면이오."

무루가 고개를 저으며 경맥을 짚었다. 그리고 아랫배의 단전과 몸을 한 차례 쓰다듬더니 구위영에게 말했다.

"상당한 고수인데?"

구위영은 화톳불 옆에 둔 예비 장작개비 두 개를 불 속으로 넣으며 시큰둥하게 말했다.

"뭐, 잘은 모르겠습니다. 진 소저와 함께 있는데 몰래 다가들기에 같이 진 안에 가둬 버렸거든요. 허허허."

진설이 째려보며 핀잔을 주었다.

"우연히 그렇게 된 거 아니었나요?"

구위영이 뒤통수를 긁적거리며 쑥스러운 표정을 지었다.

"허허허, 사실 조금 놀라긴 했습니다. 뭔가 이상한 흐름이 느껴지긴 했는데 설마 사람일 줄은 몰랐습니다. 그리고 정신이 온통 다른 데 팔려 있어서 더 자세히 감지해 보지 못했던 거지요. 아얏! 아니, 왜? 흠흠, 허허허. 어쨌든 대단한 은신술의 소유자였습니다."

말 도중에 진설이 슬쩍 옆구리를 꼬집는 바람에 구위영은 낮은 비명을 질러야 했다.

무루와 이진표는 대충 무엇에 정신이 팔려 있었는지 짐작하고는 고소를 머금었다.

무루가 구위영을 보며 말했다.

"설마 이자가 안으로 들어왔을 리는 없고. 설마 이 야심한 밤에 밖으로 나간 것이냐? 둘만?"

구위영이 멋쩍게 웃고 진설은 당황했다. 그녀가 급히 화제를 돌렸다.

"지금 중요한 건 그게 아니잖아요. 이 사람의 정체가 뭘까요? 자객일까요? 왜 이 주변을 어슬렁거리고 있었을까요?"

질문이 쏟아졌다. 그 의도를 아는지라 무루는 어깨를 으쓱한 채 그녀의 질문을 받았다.

"구 사제가 정신이 팔렸다고 하더라도 감지를 못했다면 상당한 수준. 이자의 단전과 몸속 기의 흐름을 볼 때…… 아마 무신급에 가까운 경지인 것 같소."

그의 말에 이진표가 속으로 경악했다. 오백위도 아니고 무신급이라니! 그런 고수를 좌호법은 상처 하나 없이 쉽게 기절시켰단 말인가?

새삼 구위영의 면모가 다르게 보였다. 과연 주군과 함께 동거 수학한 인물다웠다.

구위영이 태연자약하게 대꾸했다.

"아마 그런 것 같습니다. 일단 지하 뇌옥에 가둬두고 내일 물어봐야지요."

그때 암독왕이 전각에서 걸어나왔다.

"주군, 잠이 오지 않아 나왔습니다."

무루는 이미 알고 있었다는 얼굴로 손을 들어 가까이 오라는 동작을 취했다.

"우리가 나누는 얘기는 들었을 테고."

"예, 처음부터는 아니지만……."

암독왕은 기절한 운풍각주를 유심히 보며 말을 이었다.

"좋지 않은 징조입니다. 우리를 누군가 의심하기 시작했다는 것이니까요."

이진표가 물었다.

"누굴까요?"

"이 정도의 고수가 몰래 들어오려 했다는 것은 배후가 상당하다는 의미지."

암독왕의 말에 모두가 가장 확률이 높은 한 가지의 가능성을 떠올렸다.

적검왕을 노렸던 자들이다!

사람들의 얼굴에 긴장이 어렸다.

살아 있는 전설인 적검왕을 죽이려 했던 자들이다.

구위영 역시 간만에 본연의 모습으로 돌아와 진중한 표정을 지었다.

"형님, 적검왕을 노렸던 자들이겠군요."

"아마도……."

암독왕이 미간을 좁히며 말했다.

"적검왕을 여전히 찾고 있나봅니다. 아니면 저나 주군을 의심할 수도 있지요. 잔월궁주가 사라진 건(件) 때문에 말입니다. 그 청부 건에는 저와 마 장로가 얽혀 있고, 그 뒤에는 주군이 계시니까요."

무루가 고개를 주억거리며 난감해하자 암독왕이 말을 이었다.

"적검왕을 찾든 우리를 의심하든 간에 아직 그들은 확신하고 있는 것 같지는 않습니다."

"그래. 그렇다면 염탐이고 뭐고 떼로 몰려왔겠지."

무루는 입술을 잘근잘근 깨물었다.

하필 자신은 이곳을 곧 떠나야 한다. 그런 때에 이런 문제가 생기다니.

모두가 복잡 미묘한 시선으로 무루를 보았다.

무루가 떠나면 이곳이 위험해질 수 있었다. 그러나 가지 않으면 봉황문의 마봉권이 위험해진다.

선택은 언제나 쉽지 않은 문제.

모두가 곤혹스러운 표정을 짓는 가운데 암독왕만 미소를 짓기 시작했다. 그것을 본 무루가 물었다.

"묘책이라도 있소?"

"잠시만 기다려 주십시오."

그 말에 무루가 고개를 끄덕이고 기다려 주었다. 약 반각의 시간이 지나가자 암독왕의 눈빛이 날카로워졌다.

그의 입술이 열렸다.

"일단 저들의 의심이 아직 확실하지 않다는 점에 초점을 맞춰야겠지요. 그럼 의심을 풀어주면 됩니다."

말이야 쉽다. 무루가 이맛살을 찌푸리며 물었다.

"어떻게 말이오?"

"우리가 가진 것이 아무것도 없다는 것을 상대에게 확인시켜 주는 겁니다."

"......?"

"먼저 적검왕과 그 제자들을 외부의 은밀한 곳으로 옮겨야 합니다. 총사와 잔월궁 인물들도."

암독왕이 은풍각주를 가리켰다.

"그리고 이자를 이용해야 합니다. 이자의 정신이 깨어나면 이곳에 왜 왔느냐고 문초하면서 거짓 정보를 알려주는 겁니다."

모두의 눈에 이채가 스쳤다. 무루가 씩 웃으며 말을 받았다.

"나를 그저 돈 많은 졸부로 생각하게 만들겠다는 것이군. 그대와 마 장로는 잔월궁에게 청부할 때처럼 이인자를 향한 권력 다툼을 하는, 정확히 말하자면 나에게서 더 많은 돈을 뜯어내려는 자들로 만들겠다는 것이고. 맞소?"

암독왕이 염화시중의 미소를 머금었다.

"그렇습니다. 그러니까 돈을 펑펑 써대는 철없는 애송이 졸부 곁에서 저와 마 장로가 더 돈을 뜯어내기 위해 골몰하는 한심한 집단으로 만드는 것이지요. 청송전장도 사실은 주군의 재산을 왕창 뜯어내기 위한 수단으로 조작할 겁니다. 즉, 그들이 전혀 신경 쓰지 않아도 되는 집단으로 말입니다. 또한 이와 더불어 청송단의 무위도 속일 필요가 있습니다."

이진표가 끼어들어 질문을 던졌다.

"암 장로님, 이자는 무신급의 고수라 했습니다. 그의 눈을 속이는 것이 가능하겠습니까?"

"다른 곳이라면 몰라도 이 장원 안에서는 가능하다. 안 그렇소, 좌호법?"

암독왕이 구위영을 보며 묻자 구위영이 어깨를 으쓱거렸다.

"무신급의 고수 눈을 속인다는 것은 사실 불가능하지만 이 장원이나 장원 주변에서는 어렵지 않은 일입니다. 제가 오랜 시일에 걸쳐 만든 회심의 작품 안에서는 말입니다. 허허허."

사실 구위영이 무신급의 운풍각주를 황당할 정도로 쉽게 제압한 것도 바로 장원의 담벼락을 따라 움직이는 기가 구위영이 펼친 진과 붙어서 힘을 상승시켰기 때문이다.

그렇지 않았다면 그렇게 짧은 시간에 펼친 단순한 진으로는 무신급의 고수를 결코 가둬두지 못했다. 즉, 미리 준비되어 있는 함정에 가뒀기에 가능했던 것이다.

이번엔 구위영이 의문을 제기했다.

"장원에서 기를 왜곡시켜 이자를 속일 수는 있습니다. 하지만 또 다른 문제가 있습니다. 이 엄청난 진법에 대해서는 어떻게 설명하실 겁니까? 또한 제가 진을 부리는 능력을 이자는 보았습니다."

"사실 그 부분이 가장 어려운 점인 동시에 핵심인 점입니다. 좌호법께서는 버림받은 천재 역할을 해주셔야겠습니다."

"……?"

"진법의 대가로 알려진 제갈세가에서 쫓겨난 비운의 천재 말입니다."

구위영이 황당한 표정으로 말했다.

"제갈세가에서 버림받고 이곳에서 은둔하며 사는 역할이란 말씀이십니까?"

"그렇습니다. 그래서 좌호법께서는 제갈세가에 원한을 가지고 계신 분이 되는 것이지요. 며칠 전 제갈세가가 붕괴된 것에 아주 통쾌해하고 있는 내적 연기가 필요할 것 같습니다."

"믿겠습니까?"

"믿을 수밖에 없습니다."

암독왕의 확신 어린 어조에 구위영이 고개를 저으며 대꾸했다.

"아니요. 두 가지 문제가 있습니다. 제가 진법의 천재라면 왜 제갈세가에서 내쳤겠습니까? 그리고 이런 진을 구축할 정도의 천재치고는…… 흠흠, 제 나이가 너무 젊지 않습니까? 허허허."

은근한 자화자찬이다. 그러나 아무도 구위영을 향해 핀잔을 주지 못했다. 그의 말은 한 치 어김없는 사실이었으니까.

"첫 번째는, 색을 너무 탐해서 파문된 것으로 하면 간단하지요."

"지금 무슨 말씀을!"

구위영이 팔짝 뛰었다. 그러나 암독왕은 진지한 얼굴로 말을 이었다.

"담벼락 밖에서 진 소저와 그렇고 그런 행동을 하려다 이자에게 발각된 것이 아닙니까?"

진설의 얼굴이 시뻘겋게 변했다. 그녀는 부끄러움에 고개를 푹 숙였다. 그러나 암독왕은 여전히 진지했다.

"진 소저께는 죄송합니다. 하나 이것은 아주 중한 문제입니다."

"예, 이해해요."

그녀가 모기만 한 소리로 답하자 암독왕은 다시 구위영을 바라보았다.

"그러니 이자가 좌호법을 그렇게 생각하게 만드는 것에는 별 무리가 없습니다."

"끄응."

구위영이 앓는 소리를 냈지만 암독왕은 계속 몰아붙였다.

"좌호법은 예전에 제갈세가주의 딸을 탐하려다 파문된 것으로 합니다."

"……!"

"일이 일이니만큼 제갈세가는 비밀리에 붙인 것으로 하면 감쪽같지요. 그리고 두 번째, 나이에 관한 문제 역시 간단합니다. 좌호법은 기를 왜곡시켜 주군의 모습으로까지 변화할 수 있는 인물입니다. 나이를 속여 늙어지게 보이게 하는 것은 더 간단하지 않습니까?"

구위영이 입을 쩍 벌리며 혀를 찼다.

"그, 그러니까 내 지금 본래의 모습은 가짜고 진짜 모습은 노인이다, 그렇게 거꾸로 행세하라는 겁니까?"

"맞습니다."

둘의 대화를 듣던 무루가 입을 열었다.

"결국 돈 많은 나와, 그 돈을 뜯어먹으려는 기생충 몇몇과 색마이면서 진법에 정통한 천재 하나가 살고 있는 것으로 위장하겠다는 거군."

짧지만 정확한 요약이었다.

"그렇습니다."

"이자가 수장인 나를 보고 싶어 할 텐데?"

"유람 중이고 엿새 후에 돌아온다고 할 생각입니다."

육 일 후는 무루가 봉황문에 갔다가 돌아올 날이다. 암독왕의 말이 이어졌다.

"그날 주군께서는 만취해서 안의의 번화가에서 술판을 진탕 벌이고 계시면 됩니다."

"전형적인 졸부의 타락한 모습을 보여라?"

"예, 그러면 이자는 우리를 더 이상 의심하지 않고 돌아갈 겁니다."

모두가 감탄했다.

상대의 눈을 완벽히 속일 수 있으리라. 무루도 역시라는 생각을 하며 암독왕을 보았다.

과연 암독왕의 진가는 독과 무공이 아니라 두뇌였다. 이 짧은 시간에 모든 것을 생각해 내다니.

"엿새 동안의 연극이라……."

"사흘이면 족합니다. 우리는 이자를 사흘 동안 깨어나지 못하게 할 생각입니다."

"사흘은 연극을 준비하는 시간이겠군."

적검왕 일행도 사람의 눈을 피해 적당한 곳으로 옮겨야 하고, 장원의 내부 진도 일부 변화시킬 필요가 있었다.

그때 홍시처럼 붉은 얼굴이 된 진설이 조심스럽게 끼어들었다.

"죄송하지만 한 가지 질문이 있습니다, 암 장로님."

암독왕은 이미 그 질문이 무엇인지 안다는 표정으로 미소를 지었다. 그 미소는 왠지 힘들게 짓는 웃음 같다는 생각을 사람들은 했다.

"좌호법 말씀이시죠?"

진설이 고개를 끄덕였다.

"예. 이자가, 혹은 이자의 배후가 우리 좌호법님을 욕심내지 않을까요? 대단한 진법의 천재라면 어디에서라도 눈독을 들일 것 같은데요."

암독왕이 심호흡을 한 번 하고는 답했다. 그의 목소리가 은은히 떨렸다.

"바로 이 모든 연극의 진정한 목적이 바로 그것입니다."

"예?"

진설은 이해가 안 된다는 얼굴로 암독왕을 직시했다. 암독왕이 결연한 어조로 나직이 외쳤다.

"좌호법을 욕심내게 하는 것!"

무루가 눈을 부릅떴다. 아니, 모두가 눈을 치켜뜨며 암독왕의 입을 바라보았다.

"좌호법께서 그들 속으로 잠입하는 겁니다. 그래서 그들의 정체, 규모, 본거지들을 알아내는 것입니다."

"……!"

진설의 얼굴이 하얗게 질렸다. 심장이 쿵 떨어지는 소리가 귓가에 울리는 것 같았다.

그야말로 음모 첩중이라 할 수 있었다.

무루는 작은 신음을 흘리며 암독왕을 직시했다. 그의 입술이 살짝 떨리더니 열렸다.

"허락할 수 없소."

암독왕이 간곡히 말했다.

"좌호법은 안전할 것입니다. 그들에게 필요한 인재이기 때문에 말입니다."

"그래도 나는 허락하지 않겠소. 그저 육 일 동안만 연극을 하시오. 그리고 돌아와 이자의 목을 치겠소. 그리고 적들이 이리 몰려온다면 맞서주겠소."

무루의 단호한 외침에 모두가 숨을 죽이고 눈치를 살폈다. 그러자 암독왕이 깊은 한숨을 몇 차례 내쉬다가 이내 무릎을 꿇었다.

"주군, 주군의 강함을 모르지 않습니다. 그러나 적 역시 강하고 그 수 또한 헤아릴 수 없이 많을 것입니다. 정녕 이 작은 장원을 지키느라 오랜 시일을 이곳에만 갇혀 있으실 생각입니까?"

"……"

"천하가 모두 적의 수중에 넘어갈 때까지 이 장원과 그 주변에만 집착하실 겁니까?"

무루는 이를 악물었다.

모두가 마른침을 삼키며 고뇌하는 무루와 결단을 요구하는 암독왕을 바라보았다. 유라도 얼마 전부터 나와 있었고, 적검왕의 제자인 진과 묘도 나와서 이 광경을 지켜보았다.

암독왕이 양 손바닥을 바닥에 대고 고개까지 깊이 숙이며 외쳤다.

"주군, 만약 좌호법의 신상에 무슨 일이 생긴다면 속하도 따라 죽겠습니다. 하나 저는 좌호법의 능력을 믿습니다. 충분히 큰일을 해내고 돌아오실 겁니다."

정적이 주변 공간에 똬리를 틀고 잠시 머물렀다. 아무도 입을 열지 못했다.

구위영이 몇 차례 입맛을 다시다가 웃으며 어깨를 으쓱거렸다.

"허허허, 이것 참. 암 장로께서 저를 그리 대단하게 생각하고 있는지 미처 몰랐습니다."

마침내 말문을 뗀 그에게 시선이 쏠렸다. 구위영은 또 한 차례 어깨를 으쓱하고는 팔짱을 꼈다. 그리고 담담한 어조로 말했다.

"휴우우. 어쩔 수 없이 이 몸은 천하의 협과 대의를 위해 불철주야 애써야 할 운명을 지니고 태어난 것 같군요."

암독왕의 표정이 밝아졌다. 반면 진설의 얼굴엔 애절함이 흘렀다. 그녀의 하얀 손이 떨리며 구위영의 옷자락을 살짝 쥐었다.

무루는 구위영을 바라보며 연거푸 한숨만 쉬었다. 그러나 정작 구위영은 환한 표정이었다.

"형님, 그런 표정 짓지 마십시오. 저를 못 미더워하는 것 같아 심히 괴롭습니다."

무루는 구위영의 앞으로 다가가 한 손을 올려 그의 어깨를 잡았다.

"자신 있느냐?"

"물론이지요."

"미안하다. 너한테 이런 일을 시키게 될 줄은……."

구위영이 팔짱을 풀어 자신의 어깨를 잡고 있는 무루의 손등을 잡았다.

"형님."

"……."

"저, 구위영입니다."

구위영의 표정이 달라져 있었다.

갑자기 진중해진 그 얼굴에 사람들은 소름이 돋는 것을 느꼈다.

표정뿐만 아니라 목소리나 그의 신형에서 느껴지는 기운. 완전 다른 사람으로 보였다.

무루의 입가에 흐릿한 미소가 드러났다.

"그래, 너는 구위영이지. 내 호법."

"예전에 총사에게 당한 것은 갑작스런 기습 때문이었습니다. 그러나 지금의 전 만반의 준비가 되어 있습니다. 청동환이 넘칩니다."

"그래."

"세상 그 누구도 감히! 날 건드리지 못합니다! 형님만 제외하고는 말입니다."

어깨를 잡고 있는 무루의 손에 힘이 들어갔다.

"널 믿는다."

구위영의 입가에도 미소가 어렸다.

"그 말을…… 간절히 기다려 왔습니다, 형님!"

사람들이 숨 죽여 두 사람을 보았다.

진설은 새로운 구위영의 모습에 감탄하면서도 불안해 어쩔 줄 몰라 했고, 청송단주 이진표는 구위영에게 홀딱 반해버렸다.

진, 묘는 흔들리는 눈동자로 둘을 보았고, 암 장로는 감격에 찬 얼굴이었다.

그리고 유라는 시큰둥했다.

"아무리 그래도 난 무루 오라버니가 제일 멋져."

숙연했던 분위기가 갑자기 썰렁해졌다.

그 와중에 진설이 갑자기 구위영을 옆에서 와락 껴안았다.

"사셔야 합니다."

천하의 구위영도 갑작스런 진설의 포옹에 당황하다가 곧 그녀의 등을 손으로 토닥거렸다.

"형님도 날 믿고 있지 않습니까? 소저께서도 날 믿어주십시오."

"믿어요. 믿고말고요."

진설의 눈에서 한줄기 이슬이 또르르 흘렀다.

"믿는다면서 왜 우는 것입니까?"

"잠시 헤어질 것이 아파 우는 것이니 괘념치 마세요."

"……."

"제발…… 당신마저 떠나지 마세요. 할아버지도, 부모님도, 가족도, 곽 호위도 떠났어요. 제가 알고 있는 모두가 나만 남겨두고 떠났어요. 당신, 당신만은 그러지 말아줘요."

진설의 양 어깨가 와들와들 떨렸다. 구위영이 얼굴을 일그러뜨렸다. 그의 두 눈에 습막이 어렸다.

"믿어도 좋습니다."

구위영은 진설을 안고 있는 팔에 힘껏 힘을 주었다.

第八章

녹림이 수상하다.

절대고수 絶代高手

1

따각, 따각따각.

말발굽 소리가 푸석한 땅을 두들기며 메마른 소리와 함께 작은 먼지를 일으켰다.

무루는 해가 뉘엿뉘엿 저물며 노을이 퍼지는 서쪽 하늘을 잠시 말을 멈추고 가만히 바라보았다. 죽립에 면사를 드리운 유라도 말을 나란히 세우고는 노을을 보며 말했다.

"오라버니."

"왜?"

"믿는다면서요?"

무루의 시선이 노을에서 옆의 유라에게 돌았다. 유라가 싱

굿 웃어주었다.

"그럼 그냥 믿으세요. 오라버니가 이런 모습 하고 있는 것을 사형이 본다면 속상해할 걸요."

"너는…… 괜찮은 거냐?"

유라가 고개를 끄덕였다. 그러나 무루는 다시 물었다.

"정말 괜찮은 거냐? 나보다 넌 위영이와 훨씬 더 오랜 시간을 함께하고……."

무루는 말을 흐리며 고개를 다시 정면으로 돌렸다.

괜찮을 리가 있겠는가?

어리석은 질문이다.

"유라야, 너는…… 생각보다 더 강하구나."

유라가 고개를 좌우로 흔들었다.

"나는 강하지 않아요. 사형도 마찬가지에요."

"그렇겠지. 두려움을 숨기는 거겠지. 하지만 두려움을 참는 것이 바로 용기다."

"틀렸어요. 두려움을 숨기는 것이 아니에요."

말을 다시 움직이려던 무루가 동작을 멈췄다.

"무슨 뜻이지?"

"오라버니가 있으니까."

"……?"

"그러니까 강해질 수 있는 거예요. 그러니까 두려움을 잊을 수 있는 거예요."

무루가 미간을 찡그리다가 피식 웃었다.

"너나 구위영이나 누구에게 의존할 정도로 약하다고 생각한 적은 한 번도 없는데. 너무 강해서 탈이라고는 생각해 봤지만."

"바보."

"또 시작이냐?"

"오라버니는 정말 모르는 거예요? 사람들은 대부분 누군가에게 의지하고 살아요. 그건 나쁜 게 아니잖아요. 설이가 사형을 의지해요. 저나 사형은 오라버니를 의지해요. 그리고 암 장로, 마 장로, 흑살도 오라버니를 믿고 의지하고 있어요."

"……."

"그러니까 오라버니는 약해지면 안 돼요. 그런 점에서 가장 외롭고 불쌍한 건 오라버니죠. 많은 사람들의 기대가 어깨를 짓누르고 있으니까."

무루가 말 옆구리를 툭 치며 앞으로 나아가며 말했다.

"난 괜찮다. 그런데 말이다. 그렇게 모두가 누군가에게 의지하고 살고 있다면, 그럼 나는 누구에게 의지하지?"

"아무한테도 의지하지 않으니까 그렇게 얼굴에 수심이 가득한 거죠."

"……."

"그러니까 제발 나한테 좀 의지하라고요! 대체 나 같은 미녀가 어디가 모자라다고 계속 튕기는 거예요?"

무루가 결국 작은 폭소를 터뜨렸다.

"결국 또 너와 내 얘기구나."

"치, 간만에 진심을 얘기했는데 그렇게 얼렁뚱땅 넘어가기에요?"

"아니야. 고맙게 생각한다. 네 덕분에 이렇게 웃었으니. 그래, 녀석은 잘해낼 거야. 이제는 네가 나에게 깨우침을 주는구나. 맞아. 나는 너에게 의지하겠다. 그리고 구위영, 암독왕, 마붕권…… 그렇구나. 나는…… 혼자가 아니었구나. 나 역시 그들을 믿고 의지하고 있었던 거구나."

무루는 말을 하다가 '아!' 하는 탄성을 흘렸다.

말을 하다 보니 정말 그랬다.

아주 오래전부터 혼자라고 생각했는데, 그것이 아니었다. 자신의 주변에는 언제나 누군가가 있었다.

그 사람을 믿든, 혹은 이용하기 위해서든 사람은 늘 있었다. 자신이 그것을 인식하지 않고 있었을 뿐이었다. 머릿속이 확 밝아지는 기분이 들었다.

유라가 토라진 목소리로 말했다.

"저 봐, 은근슬쩍 또 내 구애를 무시하는 거 봐."

그러나 무루는 멍한 얼굴로 말을 몰면서 고개를 주억거렸다.

"그렇군. 사람이 있었어."

갑자기 어깨가 한결 가벼워졌다. 그의 입꼬리가 살짝 올라가며 잔잔한 미소를 만들어냈다.

우화등선을 포기한 이유.

하늘이 아니라 땅을 선택하고 밑으로 내려온 이유.

그건 바로 사람 때문이었다.

자신이 애정을 가지고 있는 사람들 때문이었다.

무루가 짓는 미소는 정말이지 아주 간만에 만들어내는 푸근한 미소였다. 그 따스한 얼굴에 유라가 쫑알거리려다가 멈추고는 탄성을 뱉었다.

"아! 아름답다!"

노을을 받는 무루의 작지만 행복한 미소.

그녀는 정말로 무루가 행복해하는 모습을 처음 보았다. 쌀쌀한 바람도 주변에서는 훈훈해졌다. 더불어 지켜보는 유라의 심장까지 살포시 흔들었다.

유라가 마른침을 꼴깍 삼키며 붉은 입술을 살짝 깨물었다.

'절대 학봉에게 안 뺏겨! 오라버니는 내 거야!'

무루는 한참을 그렇게 천천히 말을 몰다가 갑자기 미간을 찌푸렸다. 무루의 옆모습에서 미소가 사라지는 모습에 유라는 탄식까지 흘렸다.

무루가 굳은 얼굴로 정면을 주시했다.

어느새 상당한 어둠이 허공을 드리웠다. 그리고 지평선 멀리 불이 켜지고 있었다.

자신들이 가려는 마을이다. 백여 호의 작은 마을이지만 장군산을 돌아가는 길목 중 가장 지름길에 위치한지라 여러 개의 객잔이 있어 지나가는 손님들을 끌었다.

"싸움이다."

"응? 어디?"

유라가 급히 공력을 끌어올렸다. 그러나 아무리 기감을 사방으로 펼쳐도 감지되는 것은 없었다.

"어디요?"

"저 마을."

"잉?"

유라가 황당한 얼굴로 지평선 끝에 위치한 가물가물한 불빛들을 보았다.

"저곳에서요?"

"그래. 큰 싸움은 아니야. 그런데 싸우고 있는 자들 중 익숙한 기운이 있다. 예전 미잠산에서 한 번 마주쳤던 노인과 남장여인이야."

설상가상, 점입가경이다.

"지금 그러니까…… 예전에 길 가다 잠깐 마주친 사람의 기운을 느낀다는 거예요? 저 멀리 있는 곳에 있는? 호호호! 농담이죠?"

"그냥 길 가다 마주친 것이 아니라 잠깐 얘기도 나눴지. 그들의 기운이 꽤나 맑아서 아직 기억하고 있는 것 같다."

말이 끝나기도 전에 무루가 말 위에서 뛰어내렸다.

"오라버니, 설마 지금 저를 두고 혼자만 가겠다는 건 아니겠죠?"

"내 말을 부탁한다."

순식간에 무루의 신형이 멀리 사라졌다.

"오라버니이이!"

유라의 앙칼진 고함이 허공을 찢었다. 그녀는 이를 박박 갈며 무루가 사라진 어둠을 쏘아봤다.

"남장여인? 그러니까 여인이라 이거야?"

객잔의 일층은 난장판이 되어 있었다.

그 가운데에는 청수한 노인과 쪽빛 영웅건을 두른 남장여인이 등을 맞댄 채 검을 들고 있었고, 주변에는 마흔 명 가까이 되는 건장한 체구의 장한들이 병장기를 흔들며 흉흉한 기세를 흘려댔다.

부서진 탁자의 의자 사이로 널브러진 시신들이 이십여 구 있었는데, 그중 열 구는 평범한 손님들로 보였고 나머지 열 구는 험상궂은 장한들과 한패였다.

장한들을 이끄는 초로인이 관자놀이를 문지르며 짜증을 부렸다.

"대체 뭐하는 거냐? 늙은이와 애송이 하나를 감당 못해? 당장 저 둘을 내 앞에 무릎 꿇리거나 수급을 가져오란 말이야!"

그의 말에 사십여 장한이 다시 중앙으로 쇄도했다.

노인과 남장여인이 다시 힘껏 검을 휘둘렀다.

째애애앵! 쩡쩡쩡!

칼들이 부딪치며 요란한 쇳소리를 터뜨렸다.

슈갓, 파아아앗.

검과 도가 충돌하고 그 사이로 비조와 유성추 같은 암기가 틈을 노리고 파고들었다.

노인의 억눌린 입에서 노기가 터졌다.

"비겁한 놈들 같으니라고!"

남장여인이 말을 받았다.

"말할 시간이 있으면 저 좀 거들어주면 안 돼요?"

"이 녀석아! 내 코가 석 자다!"

팟팟팟!

하나의 비조가 남장여인의 팔등을 긁었다. 소매가 찢어지며 하얀 피부 위로 다섯 개의 혈선이 길게 그려졌다.

서걱! 퍼퍽!

노인이 앞의 장한 하나를 베고 그 옆의 동료를 팔꿈치로 때린 다음에 물었다.

"괜찮은 거냐?"

"아니요. 아파 죽을 것만 같아요."

"참아라."

"예. 그런데…… 암기에 독을 묻힌 것 같네요."

비조의 주인이 키득거리며 웃었다.

"킬킬킬, 맞다. 일비독(一痺毒)이라는 것이다. 곧 너는 그 팔부터 마비되기 시작해서 일각이면 전신이 마비될 것이다. 공력으로 어느 정도 지연시킬 수는 있겠지만 마비를 피할 수는 없지."

"악랄한데다가 비겁하고 치졸한 자들 같으니."

그녀는 몸을 부르르 떨며 이를 갈았다.

초로인이 비조를 던진 사내를 칭찬하고는 광소를 터뜨렸다.

"크하하하! 드디어 이봉삼화의 일인인 매봉(梅鳳)을 접수하겠구나. 애들아, 매봉은 죽이지 말거라. 가능하면 상처 내지 말고 생포해야 하니 너무 심하게 공격하지 마라. 저런 미인을 그냥 죽이면 천벌 받지 않겠느냐?"

다 잡은 고기란 말이다.

그런데 남장여인의 정체.

그녀는 화산파의 속가제자이며 무림맹주의 여식인 매봉 유화영(柳花影)이었다.

그리고 그와 함께 있는 노인은 무림맹의 장로인 청절검(淸絶劒)이란 별호를 가진 인물이었다.

청절검은 오백위 초인이었고, 유화영은 이봉삼화 중 가장 무공이 뛰어난 여협으로 후기지수 중에서도 선두에 속하는 고수였다.

그런데 그런 고수들을 몰아붙이고 있으니 장한들의 실력은 실로 대단하다고 할 수 있었다. 비록 수적인 우세가 월등하더라고 해도 오백위는 괜히 초인이라 불리는 것이 아닌데 말이다.

청절검은 매봉의 검이 눈에 띄게 느려지는 것을 보며 속에서 천불이 났다.

어떻게 해서든지 매봉을 데리고 이곳을 빠져나가야 하는데 틈이 없었다.

'이해할 수가 없구나. 겨우 녹림도인 녀석들이 이렇게 강하다니!'

의문은 그것만이 아니었다. 이들은 녹림십팔채 중의 하나로 은평산(隱平山)의 은평채 소속이다. 은평산은 이곳으로부터 삼백 리 떨어져 있었다. 그런 그들이 왜 산을 벗어나 이곳에 있는지 알 수가 없었다.

시비는 사소하게 생겼다.

객잔에 들어선 그들이 매봉의 매끈한 얼굴을 보고 추근댄 것이다. 산적들 중에는 남색을 즐기는 자들도 있었던 것이다.

사단은 매봉이 자신이 여자라는 것을 밝히면서 더 커졌다. 또한 매봉은 무림맹 소속이니 더 이상 무례를 범하면 가만두지 않겠다고 겁박했다.

청절검 역시 매봉의 대응이 나쁘다고 생각하지 않았다. 그렇지 않으면 이자들이 더 엉겨 붙을 것이라 판단한 것이다.

자신과 매봉의 신분을 밝혔으니 당연히 산적들은 도망쳐야 했다. 그것이 순리였다. 감히 산적들이 오백위인 자신과 매봉에게 대적할 것이라고는 꿈에도 생각하지 못했던 것이다.

그들은 품속에서 정체모를 환약을 하나씩 꺼내 삼키더니 잠시 동안 잠잠했다. 그렇게 일각 정도가 지났을까? 갑자기 자리를 박차고 일어나 주변 손님들을 학살하고 자신들을 공격하기 시작했다.

기가 찬 것은 그들이 상상을 훌쩍 뛰어넘게 강하다는 점이었다.

환약이 그들을 강하게 만든 것이 분명했다. 그들은 내공뿐만 아니라 신체적 능력과 집중력이 어마어마하게 폭증했다.

아까 초로인이 광소를 터뜨리며 한 말!

우리도 이젠 고수들이다! 오백위는 못 되어도 일천위는 될 것이다. 크하하하!

그 말이 자꾸 머릿속에 박혀 떠나지 않았다. 수많은 생각이 교차했다. 그러나 청절검은 애써 그런 생각을 지우려고 애썼다.

광기에 찬 그들의 눈은 이미 사람의 것이 아니었다. 눈자위가 살기로 온통 노랗게 변해 있었다. 그들의 끊임없는 공격을 막기도 버거운 판에 잡념에 빠질 수는 없었다.

지이이잉!

청절검의 검이 울음을 토하며 검강을 일으켰다. 반 자 가까이 솟구친 그의 검이 허공을 갈랐다.

슈가가가각! 쩌엉!

은평채 산적 세 놈의 칼을 동강냈다. 그러나 네 번째 칼에서 막히고 말았다.

파앗!

창 하나가 찰나 아래에서 불쑥 솟아나더니 청절검의 허벅지를 찢었다.

"크으."

마치 인두에 덴 것처럼 오른 허벅지가 화끈거렸다. 청절검은 급히 검을 회수해 밑으로 내리그었다.

쩽!

창대가 동강났다.

청절검은 고통을 참느라 이를 악물며 허벅지에 박힌 창을 빼냈다. 피가 철철 흐르는 것을 급히 지혈하며 물러선 산적들을 보았다.

초로인이 수하들에게 물러서라 명을 내린 것이다.

초로인, 은평채의 채주 마휼.

놈은 이 상황을 즐기고 있었다.

일종의 차륜전으로 휘몰아쳤다가 물러서고, 다시 몰아친다. 이번이 세 번째의 공격이었다.

청절검은 참담한 얼굴로 자신을 노려보는 산적들을 쏘아

보았다.

첫 번째는 아무 부상 없이 끝났지만, 두 번째는 몇 차례 상대의 권각에 가격당했다. 그래도 부상은 당하지 않았는데 마침내 세 번째에 치명적인 상처를 입고 만 것이다.

매봉은 중독됐다. 자신이 입은 상처는 다행히 깊지 않았으나 움직임에 제한을 줄 수밖에 없었다.

마휼이 혀를 입 밖으로 꺼내 좌우로 휙휙 움직이며 음흉한 미소를 지었다.

"흐흐흐, 이번에 끝낼 수도 있었지만 그러면 너무 싱겁잖나? 조금만 더 유희를 즐기자고."

청절검이 다친 오른 다리를 굽혀 무릎을 바닥에 대고는 가쁜 숨을 내쉬었다.

"제대로 미친놈이구나."

"크하하! 제대로 미쳤다? 그래, 맞아. 난 그 말을 아주 좋아해. 아니, 사랑하지. 사람은 말이야, 무슨 일을 하든 미쳐야 하는 거야. 안 그런가? 크하하하!"

쨍강.

매봉 유화영의 손에 들려 있던 검이 밑으로 떨어졌다. 팔과 손 전체가 마비된 것이다.

그녀의 고개가 옆으로 돌아 청절검을 보았다. 청절검은 매봉의 눈을 보고는 이를 악물었다.

그녀의 눈에 습막이 가득했다.

안의 땅에 파견됐다가 흑룡문이 멸문해 버리는 바람에 임무가 사라져 버린 그들은 오랜만에 나온 김에 해남에 가보기로 의기투합했다.

청절검은 해남도(海南島)에 있는 해남파 출신이었다.

그 둘은 대륙을 남하해 해남도에서 머물며 꿀맛 같은 휴식과 해남파 무인들과 교류를 나누었다. 하지만 휴가는 길지 않았다. 그들은 대륙에 이는 혈겁 소식을 듣고 부리나케 섬을 나와 북상 중이었던 것이다.

청절검과 매봉은 들려오는 풍문에 정신이 나갈 지경이었다.

무림맹 총타가 불타고 화산의 칠 할이 떼죽음을 당했다는 것은 매봉에게 이루 말할 수 없는 정신적 충격을 주었다.

그녀의 아버지인 맹주의 생사를 알 수 없었고, 동거 수학했던 화산의 벗들, 그리고 사부님들.

어쩌면 매봉과 청절검이 객잔에서 지나치게 흥분하며 산적들을 대한 것에는 그런 감정이 폭발한 점도 있었다.

유화영이 물었다.

"빠져나갈 수 있을까요?"

청절검은 답을 줄 수가 없었다.

"아버지의 생사도 아직 모르는데……. 이대로 죽기는 정말 싫은데."

마훌이 홍소를 터뜨렸다.

"크하하하! 누가 널 죽인다느냐? 걱정하지 마라. 아비를 잃었으면 지아비를 섬기면 될 것 아니냐?"

유화영이 원독에 찬 시선으로 마휼을 노려보았다.

"더러운 입 함부로 놀리지 마라. 욕을 당하느니 혀를 깨물어 자결하고 말 터이니."

"크크큭. 모두가 그렇게 말하더군. 그러나 실제로 자결한 계집을 난 한 명도 보지 못했어. 과연 너라고 다를까?"

청절검이 심호흡을 하며 검을 고쳐 잡았다. 검첨이 허공에서 내려와 마휼을 노려보았다.

"네놈만큼은 반드시 죽인다!"

"청절검, 허세도 이젠 마지막이다. 난 이번 공격으로 유희를 끝낼 생각이라고. 이젠 새로운 유희를 즐겨야 할 시간이거든. 매봉과 함께 말이지."

그의 음욕에 가득한 시선이 유화영의 전신을 훑어 내렸다. 그녀는 치욕을 느끼며 이를 악물었다. 당장 달려가 놈의 숨통을 끊고 싶었다. 그런데 이젠 다리마저 마비되었는지 감각을 느낄 수가 없었다.

털썩.

그녀가 무너지듯이 주저앉았다.

청절검이 검으로 마휼을 노리며 유화영에게 말했다.

"미안하다. 지켜주지 못해서."

"대신 저놈만큼은 죽여주세요."

그녀의 말이 끝나기가 무섭게 징그러운 미소를 흘리던 마
휼의 목에 붉은 선이 생겨났다.

그러더니 그의 머리가 밑으로 툭 떨어져 데구루루 굴렀다.

"헉!"

청절검과 유화영이 눈을 부릅떴다.

2

은평채 산적들도 눈앞에 벌어진 상황을 이해하지 못하고
객잔 바닥을 구르는 수장의 수급을 보았다.

쿠웅!

마휼의 육중한 몸이 바닥에 엎어졌다. 그리고 그 뒤에서 무
루가 검을 등 뒤의 검집에 넣는 모습이 사람들의 시야에 들어
왔다.

저벅, 저벅저벅.

무루는 안으로 들어와 성한 의자를 하나 찾아서는 자리에
앉았다. 청절검과 유화영의 반 장 앞쪽이었다. 그리고는 주변
을 쓱 훑었다.

남은 서른세 명의 산적들은 눈을 껌뻑이며 그런 무루를 주
시했다. 부채주인 비조의 주인이 그나마 가장 먼저 정신을 수
습하고는 물었다.

"너는 누구냐?"

"질문은 내가 한다."

"뭐?"

"네 몸속을 휘돌고 있는 그 사악한 힘의 근원은 뭐지?"

"……."

그가 대답하지 않자 청절검이 대신 말했다.

"이보게, 저들은 환약을 한 알씩 먹었네. 그러더니 갑자기 내공과 힘이 폭증했네."

청절검이나 매봉은 아직 경황이 없어서 무루를 알아보지 못했다. 그리고 예전에 보았을 때의 무루는 거지 중에서도 상거지 같은 누더기 차림이었다.

그러니 말쑥한 흑의 경장을 입고 있는 지금의 무루를 보면서 예전의 그를 떠올리기는 힘들었다.

어쨌든 청절검과 매봉은 한숨 돌릴 여유를 회복했다. 청년이 누군지는 몰라도 마휼을 죽였다.

그것도 단칼에.

대단한 고수란 의미다. 나중에 돌변할지 어쩔지는 몰라도 적어도 지금은 아주 든든한 아군이었다.

무루가 다시 질문을 던졌다.

"그 환약의 정체는? 그리고 그건 어디서 얻었지?"

"……."

역시나 대답이 없다. 무루는 입 바람으로 이마를 덮은 머리칼을 휙휙 불어 넘기고는 고개를 저었다.

"피차 피곤하니 그냥 대답해라."

부채주가 노루장갑을 낀 손으로 비조를 만지작거리며 입을 열었다.

"죽여라!"

타타탁!

모두가 바닥을 박차고 몸을 날려 무루에게 쇄도했다. 순간 무루가 일어서더니 손 하나를 들었다.

청절검은 그 순간 가슴이 터져 나갈 듯한 거대한 잠력을 느꼈다. 숨 쉬기조차 힘들 만큼 엄청난 압력과 함께 객잔 전체에 퍼져 나가는 기운.

그와 매봉의 눈은 그 순간 현실 감각을 잃었다.

은평채의 산적들이 쇄도해 오고 있었다. 그런데 그 모습이 이루 말할 수 없이 느렸다. 너무나 느려 마치 눈앞의 세상이 정지한 것 같은 착각을 느낄 정도였다.

그러나 착각이 아니었다.

흑의청년이 의자를 발로 툭 치더니 허공으로 띄웠다. 그건 분명히 정상적인 속도였다.

부우우웅.

그의 발이 의자를 쳤다.

산산이 깨져 나가는 의자. 나무가 수백여 개의 파편으로 잘게 쪼개져 암기로 변해 허공을 격했다.

파파파팟!

전면에 있던 산적들의 몸을 나무의 파편이 꿰뚫었다.

그리고 청년은 다시 옆에 부서진 탁자를 걷어찼다.

역시 똑같은 과정으로 이번엔 뒤쪽의 산적들을 덮쳤다.

청절검은 온몸에 소름이 돋아났다. 여전히 세상은 아주 느리게 움직였다. 그 세상 속에서 청년과 청년이 만들어낸 암기만 정상적인 속도로 움직였다.

그리고 마침내 가슴을 짓눌렀던 압박감이 사라졌다.

"하아, 하아아!"

청절검과 매봉이 거친 숨을 내쉬었다. 그와 동시에 사방에서 비명이 솟구쳤다.

"으아아악!"

부채주를 제외한 모두가 신음을 흘리고 바닥을 뒹굴었다. 그중 상당수는 급소를 당했는지 꼼짝도 하지 않고 생기 잃은 눈을 부릅뜨고 있었다.

부채주는 부들부들 떨다가 몸을 뒤로 박찼다. 그가 문밖으로 도주하려는 순간, '터엉!' 하는 소리가 들렸다.

보이지 않는 무형의 막에 부딪친 그는 코피를 쏟으며 뒤로 튕겨 나왔다.

그가 떨어져 몇 바퀴 구른 그 자리는 무루의 발 앞이었다. 무루가 물었다.

"이젠 내 질문에 답할 생각이 드나?"

"이잇!"

그의 손에 들린 비조가 무루의 얼굴로 쇄도했다. 하지만 무루는 가벼운 손짓으로 그것을 움켜잡았다.

"아직도 버틸 생각인가?"

"흐흐흐, 넌 실수했다. 비조엔 독이……."

푸스스스.

무루의 손에서 검은 연기가 아지랑이처럼 허공으로 올라갔다.

"자, 독은 다 증발시켰어. 또 남은 것이 없다면 이젠 대답해 주지?"

"……."

"미리 말해두지만 난 좀 거칠어."

무루의 발이 그의 옆구리를 걷어찼다.

콰직!

"끄어어억!"

부채주의 신형이 팽팽히 당겨진 시위를 떠난 활처럼 앞쪽의 허공으로 뻗어 나갔다. 그러나 다시 문가의 기막에 부딪쳐서는 '터엉!' 하는 소리와 함께 데구루루 굴러서 돌아왔다.

"컥, 컥컥, 헉헉!"

다시 무루가 그를 걷어차고 똑같은 일이 벌어졌다. 그렇게 다섯 번의 가격이 지나자 부채주가 고함을 질렀다.

"그, 그만! 헉헉! 마, 말하겠소."

"뭔가 착각하고 있군. 질문이 있을 때 답해."

"……?"

"명심하라고. 내가 질문을 할 때 답해. 그러지 않으면 다음 질문을 하기 전까진 넌 대답할 수가 없어. 이것이 규칙이야."

"그, 그런 말도 안 되는……."

"너희들이 여기 있는 사람들을 죽이고 이 여인을 겁탈하려고 한 건 말이 되나?"

무루의 말에 매봉이 흠칫 놀랐다. 자신은 아직 남장을 하고 있다. 그런데 단숨에 자신의 정체를 알아차리다니.

그 순간 매봉의 기억 속에 한 청년이 떠올랐다.

그도 자신의 남장을 간파했었다.

그녀의 눈이 커져 갔다. 그러고 보니 지금 흑의청년의 뒷모습이 왠지 그때 미잠산에서 보았던 걸인과 비슷한 것 같았다. 그리고 둘 다 젊은 청년이라는 공통점이 있었다.

그녀는 그때 들었던 이름을 기억하기 위해 머리의 힘을 쥐어짰다.

퍼억!

"끄아아악! 제, 제발!"

퍼억!

"컥, 커컥! 말한다고요. 말하겠습니다. 제발!"

다시 몇 번의 발차기가 끝나고 나서 무루가 등 뒤의 칼을 빼내 들었다.

"일단 팔부터 자를까? 아냐. 손가락부터 시작하지. 그곳부터 시작해 위로 올라가자고."

"허억! 제발!"

부채주는 혼백이 백 리 밖으로 날아갔다. 그는 눈물, 콧물, 핏물을 흘리며 빌었다.

"제발 질문을 해주십시오. 정말 제가 아는 한도 내에서 다 답해 드리겠습니다."

"흠. 좋아. 그럼 일단 질문 하나 던지고 계속하지. 부디 곧바로 대답하지 않기를 바란다. 곧바로 대답한다면 나는 이 유희를 즐길 수 없게 되니까."

부채주는 속으로 다짐했다.

질문이 떨어지는 순간 답하겠다고. 조금만 시간을 끌었다가 이 미친 청년고수가 꼬투리를 잡아 다시 유희를 시작할지도 몰랐다.

"이 환약의 정체는?"

"신비환(神秘丸)이라고 합니다. 그것을 복용하면 반각 이내에 효과가 발생합니다."

"효과는?"

"한 시진가량 몸과 내공을 열 배 이상 증폭시켜 줍니다. 또한 대단한 집중력이 생겨 어지간한 고수의 초식 변화도 간파할 수 있습니다."

"부작용이 있을 것 같은데."

"한 번 복용하면 거의 하루 종일 폐인처럼 되어 정상적인 힘도 쓰기가 어렵습니다."

"겨우 그것뿐인가?"

"제가 아는 부작용은 그게 답니다. 정말입니다. 믿어주십시오."

무루가 미간을 찌푸리다가 고개를 끄덕이며 수긍했다. 더한 부작용이 있더라도 알려주지 않을 것이다. 만약 돌이킬 수 없는 후유증이 있다면 그것을 누가 복용하겠는가?

"좋아, 그럼 이 환약을 너희에게 준 자들은?"

"그, 그것은……."

처음으로 부채주의 말 속도가 느려졌다. 그러자 무루가 살기를 드러내 그에게 집중시키며 차가운 미소를 머금었다.

"고맙군. 대답을 느리게 해주다니."

"대, 대답합니다. 그것은 채주가 녹림왕께 받아왔습니다."

"녹림왕이?"

녹림왕은 십대고수 중 일인이며 녹림십팔채의 총두령이다.

"예, 정말입니다."

무루가 고개를 뒤로 돌려 청절검을 보았다. 청절검은 마치 무슨 죄라도 지은 사람처럼 움찔했다가 어색하게 말했다.

"노, 노부에게 무슨 물어볼 거라도 있나?"

"그게 아니라 이자에게 더 물어볼 것이 있나 해서 말입니다."

"아, 그러니까……."

청절검은 머리를 힘껏 굴렸다. 인상까지 팍팍 써가면서. 자신이 궁금한 것은 청년에 의해 대충 알아낸 터였다.

그리고 그 역시 이 산적이 더 이상 알고 있는 것이 없을 것이라 생각했다. 그래도 질문을 생각해 내려고 최선을 다했다. 왜냐하면 청년이 자신에게 질문을 던지라고 했으니까.

'음. 뭔가 질문을 해야 하는데…….'

청절검의 얼굴이 초조함에 붉어졌다. 그리고 마침내 그가 의문점을 떠올렸다.

"은평채는 여기서 꽤 먼 곳인데……. 너희들은 왜 산채를 떠나 여기까지 나왔지?"

"채주가 갑자기 할 일이 생겼다면서 최정예 오십을 추렸습니다. 그 일은 안의 땅에 있는 청송표국을 한번 찔러보라는 것이었습니다."

무루의 안색이 급변했다. 그것을 모르는 청절검은 질문을 이었다.

"청송표국을 찔러본다는 건 무슨 의미지?"

"그러니까 굳이 전면전을 펼칠 필요는 없고 힘이 어느 정도인지 파악해 보라는 것이었습니다."

청절검은 고개를 갸웃거렸다. 그는 흑룡문에 관한 문제로 안의 땅에 짧지만 잠시 머물렀었다. 그렇기에 청송표국을 알고 있었다.

별반 크지도 유명하지도 않은 표국이었다. 자신이 안의 땅에 머무른 적이 없었다면 몰랐을 곳이다.

무루는 고개를 주억거리며 생각을 정리했다.

노야나 혹은 원탁이라는 곳에서 자신들을 의심하고 있다는 것이다. 그래서 다각도로 찔러보고 반응을 살피려는 것일 터였다.

무루는 미간을 찌푸린 채 생각했다. 이자들을 여기서 제거한 것이 과연 잘한 것인지 모호했다. 그러나 곧 긍정적으로 결론이 났다.

이들은 안의에 가기도 전에 시비가 붙어 무너진 것이다. 그리고 이제 나흘만 지나면 그들은 의심을 풀게 될 터였다.

청절검은 연신 고개를 갸웃거리며 '청송표국 같은 곳을 왜?'라며 중얼거렸다. 그러다가 무루에게 말했다.

"아무래도 녹림이 수상하지 않소?"

무루가 대답없이 묘한 미소를 흘렸다.

수상한 이유는 바로 이들이 노야나 원탁의 졸개였기 때문이다. 어쨌든 십대고수인 녹림왕과 녹림십팔채까지 저들의 휘하에 있다는 것은 무루에게 충격으로 다가왔다.

어쩌면 그들은 적검왕이 생각한 것보다 훨씬 더 치밀하고 대규모일지도 모른다는 생각이 들었다.

잠시 대화를 경청하던 유화영이 입을 열었다.

"저, 저기, 해독약은 어디에 있냐고도 물어보세요. 더 이상 내공으로 버티는 것도 한계가…….”

청절검이 아차 하는 표정을 지으며 부채주에게 해독약이 어디 있느냐고 물었다. 그러자 그는 자신의 허리춤에 묶여 있는 두루주머니를 바쳤다.

팔을 움직일 수 없으니 청절검이 해독약을 직접 유화영의 입에 털어 넣어주었다.

유화영이 무루를 보며 조심스럽게 물었다.

“혹시…… 성함이 한무루 아니신가요?”

무루가 그녀를 보며 담담히 답했다.

“이제야 기억났소?”

“역시!”

유화영이 반색했다. 그녀가 반색하자 청절검도 따라서 얼굴을 폈다. 사실 무루의 엄청난 무위에 기가 질려 있었는데 유화영이 아는 사람이라니 필시 같은 정파인일 것이라 판단한 것이다.

“네가 아는 사람이냐?”

“장로님도 같이 보셨잖아요.”

“내가?”

“예. 미잠산에서.”

“응? 아아! 그 이상한 거지…….”

청절검이 손으로 말문을 닫아걸었다. 그리고는 한숨을 삼키고 정중히 말했다.

"한 소협, 미안하네. 내가 요즘 무림맹 관련해서 신경이 좀 예민하다 보니."

"괜찮습니다. 그 상황이 그렇게 곡해할 만도 했지요."

"허허허, 이해해 주니 고맙군."

마음의 여유를 찾은 청절검은 본래의 온화하고 진중한 모습으로 복귀했다.

第九章
모욕의 대가

절대고수 絶代高手

1

금왕 고원지의 얼굴이 노염으로 가득했다.

"지금 네가 한 말을 다시 한 번 해봐라."

파양상단의 이백여 호위무사를 무너뜨리고 상단의 후원까지 홀로 들이닥친 중년의 사내를 향해 금왕은 고성을 터뜨렸다.

얼음장 같이 차가운 표정을 가진 중년의 사내.

비록 겉모습은 그렇지만 실제로는 상당히 나이를 먹은 인물이었다.

노야의 직전제자 중 일인인 빙공(氷公).

그가 파양상단을 피로 물들이고 상당한 넓이의 후원 입구에 오도카니 서 있었다.

"재산의 절반을 바칠 것."

"미친!"

금왕은 거침없이 욕설을 뱉었다.

기가 찼다.

서둘러 황금련 총타로 돌아가야 했거늘. 오랜만에 외유라 유람을 다닌 것이 화근이었다. 하지만 자신이 과연 황금련 총 타의 깊은 곳에 머물렀어도 저자를 피할 수 있을까 하는 생각 도 들었다.

금왕은 파양상단의 행주 수영강이 빙검 앞에서 무릎 꿇은 채 벌벌 떨고 있는 모습과 묵묵히 자신의 곁을 지키고 있는 도광을 한차례 보았다.

금왕은 빙공을 쏘아보며 말했다.

"어이가 없군. 네가 내 재산의 규모나 알고 그런 말을 하는 것이냐?"

"내놓지 않으면 일단 손목 하나를 접수하지. 그다음엔 팔 이 될 것이고, 그다음엔 남은 하나의 손목, 또 팔, 그다음은 발 목……."

금왕은 더 이상 들을 가치도 없다는 듯이 한숨을 터뜨렸다.

"하아, 대체 네놈의 정체가 뭐냐? 대체 누구이기에 천하의 금왕을 감히 면전에서 겁박하는 것이냐?"

"크크크."

빙공이 작은 실소를 흘렸다. 마치 여인처럼 긴 머리가 어깨를 지나 등까지 늘어져서는 부는 바람에 찰랑거렸다.

"그저 돈밖에 없는 늙은이가 간이 부었군. 당장 죽이고 싶지만 오늘은 네 무례함을 참아준다. 그러나 다음에 날 볼 때도 그렇게 했다가는 순서에 따라 처리하는 것이 아니라 단숨에 숨통을 끊어주지. 어쨌든 네놈의 무례함이 내 기분을 상하게 만들었어."

그의 검이 허공으로 올라갔다. 기이하게도 그의 검신은 하얀 서리가 가득했다.

수영강이 벌벌 떨며 외쳤다.

"살려주십시오. 제발."

금왕이 시퍼런 안광을 내뿜으며 말했다.

"그자는 내 측근이다. 건들지 마라."

"그럼 네가 나에게 저지른 무례의 대가는 어디서 받지?"

"정말 미친놈이군. 잘 들어라. 그는 내 재산을 관리하는 몇 안 되는 측근이란 말이다. 그러니 네놈이 돈을 제대로 받고 싶다면 그를 죽여서는 안 된다. 알겠느냐?"

수영강이 빙공을 올려다보며 흐느끼듯이 말했다.

"저, 정말입니다. 그러니 제발……."

서걱.

빙공의 검이 내려서고 수영강의 목이 떨어졌다. 금왕이 아연해진 얼굴로 빙공을 보았다. 자신이 이렇게까지 말했는데 설마하니 수영강을 죽일 줄은 예측하지 못했다. 협상이 통하지 않는 무지막지한 상대였다.

빙공은 검신을 타고 흐르는 핏물을 혀로 맛보며 씩 웃었다. 유달리 하얀 그의 얼굴, 차가운 얼굴에 어리는 냉랭한 미소.

"다음은 네 손목 차례군. 아니면 저 호위무사부터 해결해야 하나?"

그의 발이 앞으로 움직이자 광도가 금왕의 앞으로 섰다.

"피하십시오."

그의 말에 아직 충격에서 벗어나지 못한 금왕의 눈동자가 흔들렸다.

"그게 무슨 말인가? 자네가 저놈에게 질 수도 있단 말인가?"

광도가 도의 손잡이를 잡은 채 대답했다.

"아마도……."

"……!"

"최대한 시간을 끌겠습니다."

빙공이 차갑게 비웃었다.

"호오, 과연 얼마나 끌 수 있을까? 장사치의 호위치고는 강해 보이지만……."

빙공이 말과 함께 발도 멈췄다. 광도의 신형에서 폭발하듯이 터져 나오는 기세.

빙공의 검은 동공이 강렬한 빛을 뿜어내더니 서서히 하얗게 변해갔다.

"후후후, 이제 보니 대단한 저력을 그 몸 안에 숨겨놓고 있었군. 좋아, 방금 한 말은 취소하지. 너는 감히 나에게 칼을 휘두를 자격이 있다."

광도는 그에게 대답하지 않고 금왕을 다시 재촉했다.

"피하십시오. 어서!"

"하, 하지만 내가 어찌 자네를 두고 떠난단 말인가?"

"주군께서 저에게 베푼 은혜, 최대한 버티는 것으로 대신하겠습니다. 일단 이곳을 피하고 안전한 곳, 번뇌와 고민이 없는 곳으로 가십시오."

일종의 암호였다.

번뇌가 없는 경지. 무루다.

광도는 무루에게 몸을 피하라고 돌려 말한 것이다.

빙공의 하얗게 변한 눈에 의아함이 떠올랐다.

"번뇌와 고민이 없는 곳? 그런 곳은 저승이 아닌가? 후후후. 아니면 그런 이름을 가진 장소라도 있는 건가? 하지만 헛수고야. 꽁꽁 숨어버리면 난 황금련의 모든 곳을 다 부숴 버릴 거야. 전 재산을 날리는 것보다는 반만 잃는 것이 좋지 않을까?"

그가 다시 앞으로 발을 내디뎠다.

광도가 빽 소리를 질렀다.

"제발 어서! 주군께서 여기 계시면 제가 어찌 마음 놓고 싸울 수 있겠습니까?"

"아, 알았네."

그제야 금왕이 뒤로 주춤거리며 물러서다가 빠르게 후원의 뒷문을 향해 뛰었다. 달리는 그의 등 뒤로 어마어마한 기운이 느껴졌고, 그 느낌은 점점 더 강렬해졌다.

콰아아앙!

뒷문에 도착했을 때 마침내 폭음이 터졌다. 소리에 놀라 뒷문 고리를 잡고 돌아본 금왕의 눈이 커졌다.

둘이 부딪친 주변의 땅이 움푹 꺼져 있었다. 그 안에 있던 석상은 대체 어떻게 깨진 것인지, 아니면 가루라도 된 것인지 흔적조차 보이지 않았다.

그리고 갑자기 거대한 기의 폭풍이 금왕을 덮쳤다.

암류(暗流)!

기와 기가 충돌한 후 후폭풍이 닥친 것이다.

"끄으으으."

마치 살갗을 대패로 문지르는 듯한 고통이 느껴졌다. 그리고 문이 쩍쩍 금 가더니 이내 통째로 튕겨 나갔다.

휘이이잉!

한차례 폭풍이 지나간 후원은 처참했다.

담벼락들도 쩍쩍 금이 가 있어서 한 번만 더 충돌이 있으면 무너져 내릴 것 같았다. 그는 급히 밖으로 나가고는 안을 보았다.

항상 단정했던 광도의 머리가 헝클어져 있었다. 늘 거대한 산처럼 보이던 광도의 뒷모습이 지금은 유달리 왜소하게만 느껴졌다.

빙공이 처음으로 얼굴에 표정을 드러냈다. 비록 아주 잠깐이었지만.

"생각보다 더 대단하군."

"그냥 죽지는 않는다. 최소한 네 팔 하나는 가져간다."

광도가 또렷한 시선으로 쏘아보며 말했다.

빙공의 입가가 길게 늘어났다.

"조금 봐줬더니 곧바로 기어오르는군. 지금 네 모습을 보며 최근에 죽은 놈 하나가 생각나. 삼 할의 실력은 숨겨두어야 한다는 강호의 철칙대로 나는 늘 전력을 다한 적이 없어. 그런데 그놈은 내가 최선을 다하는 줄 알고 실력이 엇비슷하다며 경쟁심을 가졌지."

빙공은 염공을 말하고 있었다. 그러나 광도는 염공을 모르기에 침묵했다.

"네놈도 그 녀석과 비슷해. 한 번 부딪쳐 보니까 버텨볼 만하다고 착각하는 거야? 이게 내 힘의 전부라고 생각하는 거야?"

"……"

"보여줄까? 내가 전력을 다하는 모습을?"

"……."

"너에게 보이지 않으면 왠지 앞으로도 내가 전력을 다하는 모습을 보여줄 사람을 만나지 못할 것 같단 말이지."

위이이이잉.

빙공의 검에서 검명이 일었다. 그러면서 검강이 생겨났다.

광도는 그 순간 전신이 얼어붙을 것 같은 추위를 느꼈다.

"하아아……."

그가 숨을 내쉬자 하얀 입김이 짙게 뿜어져 나왔다.

위이이이잉.

검강은 점점 더 커져갔다. 원래의 검보다 더 커졌고, 이내 두 배, 세 배로 늘어났다.

후원에 하얀 서리가 내려앉았다.

광도는 자신의 몸이 얼어붙고 있음을 알았다. 그런데도 움직일 수가 없었다. 움직이는 순간 허점이 드러나고, 그 틈으로 검이 파고들 것임을 알았다.

그러면 끝이었다.

그의 머리칼과 수염이 하얀 서리로 덮였다. 몸이 얼어갔다.

빙공이 한 발 한 발 앞으로 거닐었다.

"으으으으……."

광도는 몸을 부르르 떨며 이 공간을 완전히 제압한 그에게서 벗어나려 애썼다. 그러나 아무리 애를 써도 여전히 꼼짝도

할 수 없었다. 단전조차 얼어붙어 활동을 중지한 것 같았다.

빙공의 검강이 천천히 내려와 광도의 얼굴 앞에서 멈춰 섰다.

"영광인 줄 알아라. 넌 내가 전력을 다한 것을 보고 죽으니 말이다."

"으으으."

광도의 덜덜 떨리는 입술 사이로 신음과 입김만이 뿜어져 나왔다.

"빙백마공(氷魄魔功)이란 것이다. 그것도 십성의 성취를 이루고 나서야 이런 장관을 펼칠 수 있는 것이지."

그의 검이 마지막을 위해 허공으로 솟구쳤다. 그때 후원 안으로 한 인영이 뛰어들었다.

"잠깐! 제발 잠깐!"

금왕 고원지였다.

그가 한기와 공포에 몸을 떨면서도 앞으로 뛰어왔다.

"그를 살려주시오! 제발! 그는 내 형제와 같은 이요! 내 유일한 벗이오!"

빙공의 하얀 눈에 기광이 스쳤다.

이 후원은 지금 빙백마공에 의해 완전히 장악되었다. 무공수준이 낮은 금왕에게 지금의 한기와 압박감은 버티기 어려울 터였다. 그런데도 그는 안으로 들어와 달려왔다.

"과연 보통 장사치는 아니군."

"내 재산의 절반을 내놓겠소. 그러니 이 친구를 살려주시오."

빙공의 입꼬리가 올라갔다.

"이제야 말이 통하는군. 하지만 말이야, 과거의 잘못은 돌이킬 수 없지. 그러니까 과거라고 하는 거야."

"원하는 대로 하겠다 하지 않소."

"그럼 네가 나에게 저지른 무례의 대가는 어디서 받지?"

행수 수영강을 죽이기 전에 했던 대사다. 그리고 빙공의 검이 허공에서 광도를 향해 움직였다.

금왕이 빽 소리를 질렀다.

"그 대가는!"

빙공의 검이 멈췄다. 그의 눈이 다시 금왕에게 향했다.

금왕이 안면 근육을 부들부들 떨면서 빙공의 차가운 시선을 받았다.

"내! 손목이오!"

"……!"

전혀 흔들릴 것 같지 않은 빙공의 하얀 눈동자가 흔들렸다. 금왕은 허리춤의 단검을 검집에서 꺼내 왼손의 손목을 향해 가져갔다. 그 단검은 천하에서도 예리하기로 이름 높은 검이다.

"과연 그럴 용기가 있을까?"

금왕의 양 뺨이 더욱 거세게 흔들렸다. 그 모습이 차마 보기 민망할 정도로 애처로웠다. 그러나 금왕은 입술을 꽉 깨물고 손에 힘을 주었다.

서걱.

단검이 그의 왼손을 단숨에 잘라냈다. 붉은 피가 콸콸 넘쳐 흘렀다.

빙공이 그 피를 보며 즐거운 미소를 지었다. 쾌감을 느끼는 듯 몸까지 살짝 떨었다.

"좋아, 다음에 만날 때는 네가 얼마나 예의를 지키는지 보기로 하지. 재산의 절반을 정리할 시간은 삼십 일. 이곳에서 받기로 하겠다."

그가 돌아서 걸어갔다. 그러면서 서서히 풀려가는 압박감과 한기.

빙백마공이 풀어진 것이다.

광도는 있는 힘을 다해 전신에 힘을 주었다.

그러자 얼어붙은 몸이 조금씩 움직이기 시작하며 단전도 움직였다.

"끄아아아!"

그가 절규하며 몸을 일깨웠다. 그의 전신을 덮고 있던 얼음이 깨져 나가고 서리가 허공으로 휘날렸다.

"주군, 왜 이런 짓을……."

광도는 급히 쓰러져 있는 금왕의 왼팔을 잡고는 혈도를 눌러 지혈을 시켰다. 그것으로도 모자라 자신의 옷을 찢어서 팔을 질끈 동여맸다.

"주군, 어리석은 짓을 하셨습니다."

"과, 광도."

"주군, 지금 급히 의원에게 옮기겠습니다."

그가 금왕을 번쩍 안아 들었다.

금왕이 덜덜 떨면서 말했다.

"난생처음…… 처음으로 용기를 내보았어."

"무슨 말씀이십니까? 주군께서는 어느 누구 앞에서도 주눅
든 적이 없습니다. 늘 당당했습니다."

"아니, 아니야. 실은 나 겁쟁이였어. 자네가 옆에 있어줘서
용기있는 척한 거였어."

금왕을 안고 달리는 광도의 눈에 눈물이 맺혔다. 금왕이 숨
을 헐떡이며 말을 이었다.

"이런 거였군. 용기를 낸다는 것이."

"……."

"정말 어려운 거였군."

"……."

"난 태어날 때부터 부자고 권력자였어. 그래서 용기가 필
요없었거든. 이제야 알겠어. 나를 대하고, 나와 맞선 사람들
이 얼마나 용기를 가진 자들이었는지."

"주군……."

"왼손을 잃었지만 자네를 잃지 않았고, 용기를 얻었어. 그

리고 사람들을 더 이해할 수 있을 것도 같아. 크크크. 이 정도면 이번 거래도 꽤 이익을 남겼어. 난 역시 타고난 장사꾼인 것이야."

그 말을 끝으로 그는 혼절했다.

2

한 노인이 어둠 속에서 어둠을 응시하고 있었다. 그는 마치 망부석이라도 되는 듯 꼼짝도 않은 채 가부좌를 틀고 정지해 있었다.

얼마만큼의 시간이 흘렀을까?

"흐음."

나직한 탄식과 함께 그가 몸을 일으켰다.

부스스스.

그의 머리와 몸에 쌓인 먼지가 흘러내렸다. 그는 뒷짐을 지고는 주변을 서성였다.

노인이 위치한 곳은 사방으로 끝없이 산자락이 펼쳐져 있는 산맥의 어느 산중턱이었다.

그는 망설이고 있었다.

세상을 향해 나가야 하는 것인가?

하지만 아직 고금사대병기를 다 회수하지 못했다.

고뇌하는 표정의 노인은 바로 노야였다.

예전 적검왕, 그러니까 검공이 자신의 심장에 찔러 넣었던 상처는 이미 십 년 전에 완전히 복구했다. 그리고 사대병기 중 세 개를 강호의 수하들이 찾아 바쳤다.

물론 자신도 그들에게 꽤 많은 것을 주긴 했지만, 자신의 능력으로 그건 그리 어려운 것이 아니었다.

자신은 열 명의 뛰어난 제자의 스승이었고, 오 인 원탁회의 주인이었다.

세상에 나가고 싶은 마음이 간절했다.

하지만 그러면 계약은 무효가 된다.

고금사대병기를 다 모아 힘을 흡수하고 나서야 나갈 수 있다는 천형의 계약.

"쯧쯧."

그는 혀를 찼다.

마왕들은 너무도 소심했다.

이미 예전에 사라진 천부라는 것을 두려워하고 있었다. 그러나 어쩌겠는가? 자신은 그 네 개의 힘을 흡수하고야 세상에 나가기로 이미 계약을 했거늘.

그래야 자신은 불사의 마왕이 될 수 있거늘.

그는 다시 자리에 주저앉았다. 그리고 또 똑같은 고민에 빠져들었다.

저 멀리서 동이 트기 시작했다. 그 광경은 언제 봐도 아름다웠다.

"흐음……. 불사를 포기한다면?"

노야의 눈이 번뜩였다.

하지만 이내 고개를 저었다.

다된 밥에 콧물 떨어뜨리는 격이다. 이제 단 한 개, 호혈약만 있으면 된다.

자신의 제자와 수하들이 무림을 정복하면 전 무림인들을 총동원해 호혈약을 찾아 갖다 바칠 것이다.

그러면 계약은 이뤄진다.

지금까지 기다려 온 시간이 아까워서라도 그는 결국 오늘도 세상으로 나가고 싶은 욕구를 억눌렀다.

영원을 살 수 있는데 잠시를 못 참는 것은 어리석은 행위일 뿐이다.

곧 모든 것이 계획대로 잘 풀릴 것이다. 계획대로 천하가 곧 수중에 들어올 것이고, 계획대로 호혈약을 얻게 될 것이다.

"그런데 계획이 꼬이면? 음……."

고민은 언제나 현재진행중이었다.

제자 중 하나가 다가와 염공과 철공의 죽음에 대한 수수께끼가 여전히 오리무중이라고 했다.

"일단 천하를 장악하는 일을 우선적으로 추진해라. 그것이 더 먼저다. 물론 염공과 철공의 죽음에 대해 소홀히 하라는 말은 전혀 아니다. 그것 역시 별도로 조사를 늦추지 말아야

하겠지. 어쨌든 천하일통의 계획이 차질이 없도록 해라. 계획
은…… 계획대로 진행되어야만 하는 것이다."

제자가 엎드려 절하고 물러났다.

빌어먹. 두 제자가 서로 싸우다 뒈졌는지, 무슨 음모가
있는지 대체 그게 무슨 상관이란 말인가?

제자가 모자라면 다시 키우면 되는 것이고, 음모가 있으면
힘으로 박살 내면 간단한 것을.

한심한 것들이다.

지금 뭐가 가장 중요한 것이 무엇인지도 모르는, 결국 너희
들도 내 불사를 위한 소모품에 불과한 존재일 뿐인데.

응?

그리고 보니 혹시 저것들이 나의 이런 속내를 알아챈 것이
아닐까? 그래서 고금사대병기를 찾는 데 일부러 최선을 다하
지 않은 것은 아닐까?

갑자기 의심이 들었다.

그의 고민은 계속됐다.

3

"대체 왜 우리를 졸졸 따라오는 거죠?"

유라가 잔뜩 뿔난 목소리로 묻자 매봉 유화영이 빙그레 웃
었다.

"따라가는 것이 아니라 같은 방향일 뿐인데요. 아까 전에도 말했을 텐데요."

모처럼 화창하고 따뜻한 날이다.

그러나 두 여인의 서슬 퍼런 신경전은 길을 떠난 오전부터 한낮까지 계속 이어졌다.

유라가 맞받아쳤다.

"방금 있던 저 갈림길이 더 빠른 길이라고 제가 몇 번에 걸쳐 말한 것으로 기억하는데요. 그리고 그쪽, 그 뭐냐, 매봉께서는 그리로 갈 거라고 대꾸했었잖아요."

"마음이 변했어요."

"뭐라고요?"

"저희도 봉황문에 들르기로 결심했어요."

청절검이 헛기침을 하고는 끼어들었다.

"유라 소저, 지금 현 강호는 난세라네. 그러니 정파인들끼리 힘을 합쳐야 할 때가 아닌가?"

"우리는 정파고 사파고 그런 거 몰라요. 어떤 쪽도 아니라고요."

유라가 성내며 소리를 빽 질렀다. 정말이지, 옆에 무루 오라버니만 없다면 당장 으슥한 곳에 데리고 가서 기절시켜 버리고 싶은 심정이었다.

청절검이 인자한 미소와 함께 말했다.

"허허허, 사문을 말해주지 않아도 난 자네들이 정파라는 것을 알 수 있네. 왜냐하면 녹림도로 인해 위험에 빠진 사람을 구해주고, 정파인 봉황문을 도우러 간다 하지 않았나. 이렇게 몸을 던져 협을 행하는 사람이 정파인이 아니면 세상의 어느 누가 정파인이겠나? 그리고…… 우리는 해남도에서 나와 제대로 된 정보를 얻은 적이 없네. 풍문만 들었지."

청절검이 유라 옆에서 말을 몰고 있는 무루를 흘낏 보며 말을 이었다. 한눈에 보아도 무루는 뭔가를 골똘하게 생각하는 모습이었다. 대체 저렇게 심각하게 고민하고 있는 것이 무엇일지 궁금해졌다.

"유라 소저, 그러니 우리는 이번에 봉황문에 들러 저간의 상황을 제대로 파악할 필요가 있다네. 급한 마음에 무조건 무림맹 총타를 향해 달려왔지만 생각해 보니 그곳은 이미 불타 버렸다고 하니…… 지금쯤 정보를 점검하고 진로를 정확하게 할 필요가 있지."

유화영이 쐐기를 박았다.

"그리고 난 학봉과 아주 친한 사이예요. 지척에 있는 벗이 부친상을 당했고 위험에 처해 있다는데 사람의 도리상 어떻게 그냥 지나칠 수 있겠어요?"

그 말에 유라가 말문을 잃었다. 그녀는 당황하다가 말을 주섬주섬 꺼냈다.

"그, 그런 말은 안 했잖아요."

"초면인데 우리가 시시콜콜한 것까지 보고할 만큼 가까운 사이는 아니잖아요. 한 대협이라면 모를까. 저분은 이미 만난 적이 있으니까 말이에요. 그렇지요, 한 대협?"

그녀는 무루를 대협이라 불렀다.

무루가 그냥 소협이라 호칭하라 했지만 유화영은 생명의 은인에게 그 정도 호칭은 괜찮다며 바득바득 우겼다.

청절검도 젊은 나이가 조금 걸리기는 하지만 천하가 어려운 시기에 협의 기치를 세우고 있고 그 무공 수위가 높으니 문제없다고 주장했다.

청절검과 유화영은 놀라울 정도로 찰떡궁합이었다.

서로 둘만 있을 때는 으르렁거리고 투정부리며 귀찮아하면서도 의기투합하면 최강의 조합이라 할 수 있었다.

유화영이 나긋한 목소리로 부르자 무루가 그녀를 보았다. 그러나 딱히 말없이 청절검을 향해 눈을 돌렸다.

"계속 생각해 봤는데 호광의 무림맹 지부도 위험할 것 같습니다."

그의 말에 청절검과 유화영의 얼굴이 굳었다.

"그게 무슨 말인가?"

"이미 천하 절반의 무림맹 지부가 공격을 당했습니다. 호광지부도 적의 공격을 예측하고 수비에 힘쓰고 있지 않겠습니까?"

"그렇겠지."

"아까 오전에 오다가 소문파 하나가 불탄 것을 보고 짐작하시겠지만 가장 피해가 큰 곳 중 하나가 바로 여기 호광 지역입니다. 무당파를 비롯해서 호광 칠패 대부분이 적지 않은 타격을 입었습니다. 그럼 그들이 가장 기댈 수 있는 곳이 어디겠습니까?"

청절검이 수염을 만지작거리며 대꾸했다.

"무림맹 호광지부로 모이겠군."

"예. 아마 그곳에는 지금 상당한 인원이 몰려들었을 겁니다. 더불어 정파를 자처하는 낭인, 용병들도 거들겠다고 꽤나 합류했을 겁니다."

유화영이 어깨를 들썩이며 끼어들었다.

"물론이지요. 그게 바로 정파의 저력이지요. 평소엔 사분오열된 것처럼 보이지만 위기가 오면 똘똘 뭉친다는."

청절검이 미소를 지으며 말을 받았다.

"암, 그렇지. 호광지부에 많은 호걸 장수들이 모여들었겠군. 비록 일방적인 기습으로 지금은 몰렸지만 호광지부를 중심으로 다시 적들과 상대할 것이네. 아마 다른 성(省)들도 마찬가지겠지."

유화영이 다시 말했다.

"그곳에 사람이 모이니 정보도 많이 얻을 수 있겠군요. 정보를 얻기 위해서라도 봉황문을 돕고는 잠시 호광지부에 함께 들르실 생각은 없으신가요? 저희가 무림맹 소속이니 많은 부분을 협조받을 수 있을 겁니다."

청절검이 맞장구를 쳤다.

"봉황문의 장사와 호광지부의 악양은 날랜 말을 타면 반나절 거리네. 그러는 것이 좋을 듯한데."

그야말로 끼어들 틈도 없이 둘이 척척 말을 주고받았다. 무루가 한숨을 쉬며 고개를 저었다.

"제가 드리려는 말씀은 그것이 아닙니다."

청절검과 유화영이 그럼 무슨 말을 하려는 것이냐는 표정으로 물었다.

"호광 지역을 휩쓰는 놈들은 기이하게 한 바퀴 원을 그리듯이 호광칠패를 휩쓸고 있습니다."

"알고 있네. 그래서 자네도 봉황문이 오늘 밤 공격받을 것을 짐작하고 이렇게 도와주러 가는 것이 아닌가?"

"맞습니다. 그런데 그렇게 공격 시간을 짐작하게 해주는 친절한 적도 있습니까?"

"......!"

청절검과 유화영의 눈에 파문이 일었다. 친절한 적이란 말이 묘한 느낌으로 가슴을 짓눌렀다.

청절검이 곤혹스런 기색으로 말했다.

"그러나 지금까지는 그렇게 되어왔지 않나?"

"제 말은 적들이 왜 그렇게 했을까 하는 의문입니다."

"......"

무루가 심각한 얼굴로 말했다.

"제가 적이라고 가정해 보겠습니다. 자신들이 손실이 커질 것임을 빤히 아는데도 불구하고 불리한 작전을 계속 구사한다. 왜 그럴까요?"

"글쎄."

"더 큰 것을 얻기 위함이 아니겠습니까?"

"더 큰 것이라……."

무루의 말을 따라 하는 청절검은 가슴속에서 일어난 불안감이 전신으로 퍼져 나가는 것을 느꼈다.

"어쩌면 이번 적들의 공격은 봉황문이 아니라 무림맹 호광지부일 수도 있습니다."

"……!"

청절검과 유화영이 충격에 빠진 얼굴로 턱을 떨어뜨렸다. 그들은 몰고 있는 말을 멈춰 세우고는 무루를 보았다. 유화영이 고개를 저으며 말했다.

"하지만 지금 호광지부는 많은 무인들로 가득할 거예요. 그러니 쉽게 무너지지는 않을 터. 어느 정도 버틴다면 봉황문에서 도와주러 올 수도 있고……. 너무 사태를 비약시키는 것은 아닐까요?"

무루도 말을 멈추고 그녀의 말에 대꾸했다.

"오래 버틸 수 없다면 어떻게 될까요?"

유화영의 눈가가 살짝 일그러졌다.

"아까 한 대협도 호광지부에 많은 무림인이 있을 거라 했잖아요. 낭인과 용병들까지 몰려들 터이니 그들 모두가 똘똘 뭉쳐 싸운다면…….”

무루가 그녀의 말허리를 잘랐다.

“그게 문제가 될 수도 있습니다. 몰려드는 낭인과 용병들…… 그들 속에 적이 있다면?”

“……!”

청절검과 유화영이 숨을 들이켰다. 머릿속이 새하얗게 변해갔다.

“무림맹 호광지부는 갑자기 인원이 폭발적으로 증가하고 있을 겁니다. 그러니 제대로 된 내부 감시 체계가 작동하기 힘든 상황.”

“……”

“안과 밖에서 동시에 공격당하면 제아무리 많은 정파인이 호광지부에 있어도 순식간에 무너질 겁니다. 외부와 싸우는 와중에 뒤에서 동료였다고 믿었던 자들이 등을 찔러오면 속수무책이겠지요.”

청절검이 사태의 심각성을 느끼고 비명을 질렀다.

“맙소사!”

“일단 두 분은 최대한 빨리 호광지부로 달려가 이러한 위험이 존재한다는 것을 지부장에게 알리는 것이 좋을 듯합니다.”

“알겠네. 그래야지. 만에 하나 자네의 말이 사실이라면 끔찍한 일이 발생할 터. 막아야겠지."

무루가 말의 방향을 트는 둘을 보며 말했다.

"저는 봉황문으로 가서 상황을 판단하겠습니다."

"알겠네."

히이이힝.

말이 앞다리를 들며 소리를 질렀다. 유화영도 무루에게 고개를 숙이며 말했다.

"다음에 뵐 수 있겠지요? 생명을 구해주신 점, 다시 감사드립니다. 그리고 지금 하신 말씀, 그것이 사실이라면⋯⋯."

"서두르시오."

"예⋯⋯."

유화영은 뭔가 하고 싶은 말이 더 있었지만 화급을 다투는 일이기에 말머리를 돌렸다.

"이랴!"

청절검과 유화영을 태운 말이 먼지를 일으키며 방금 전 지나친 갈림길을 향해 질주했다. 그 둘의 등을 보며 무루가 중얼거렸다.

"내 생각이 틀렸기를⋯⋯."

유라가 무루를 직시하며 물었다.

"오라버니."

"왜?"

"오라버니가 원래 이렇게 똑똑했었나?"

"……."

"너무 똑똑해지지 마. 나중에 바람피우고 나 완벽하게 속일 것 같아서 무서워."

무루는 한숨을 삼켰다.

"난 이 상황에서도 그런 생각을 하는 네가 무섭다."

"훗. 상황이 어떻게 흘러갈지는 모르지만 그거야 내 의지가 아니잖아? 그저 만반의 준비를 하고 최선을 다하면 되는 거지."

"네가 준비를 하냐?"

유라가 혀를 내밀며 웃었다.

"오라버니가 내 옆에서 해주면 되잖아."

무루가 뒷목을 잡고 고개를 흔들다가 말했다.

"잠시 쉬었으니 우리도 서둘러야겠다. 일단 봉황문의 상황이 어떤지 파악할 필요가 있어."

"그래요."

다시 둘만 남게 된 것이 좋은지 유라는 히죽 웃었다. 어떻게 보면 유라처럼 단순한 사람도 없었다.

두두두두!

잠시 쉬었던 말들이 다시 거친 콧김을 뿜으며 질주했다. 달리는 말 위에서 유라는 다음에 매봉을 보면 자신의 아름다운 진면목을 보여주리라 다짐했다.

'계집애가 미소년처럼 꾸미고는 오라버니한테 꼬리를 쳐?

다음엔 아주 제대로 꾸며서 등장해 네 기를 팍 눌러주마.'

유라가 착각하고 있는 것이 있었다.

미모로 상대를 제압하겠다는 생각.

그녀는 굳이 꾸미지 않아도 다른 어떤 여인보다 빛나는 미모의 소유자였다.

그리고 가장 중요한 착각은, 여인은 어떤 남자 곁에 미인이 있으면 그 남자에게 좌절하기는커녕 오히려 더 호감을 느끼는 법이다. 그런 남녀의 미묘한 감정에 관해 유라는 거의 숙맥이나 마찬가지였다.

그녀는 학봉 이수린이 자신의 외모에 놀라면서도 오히려 마음 깊은 곳에서 승부욕을 불태우고 있는 여인의 심리를 전혀 눈치채지 못하고 있었다.

第十章
불신천하지계(不信天下之計)!

絕代高手
절대
고수

1

해가 서산마루로 점차 다가가는 시점.

무루는 마중 나온 마붕권, 혈광비와 함께 봉황문에 들어섰
다.

봉황문은 생각한 것 이상으로 규모가 컸다. 왜 호광칠패 중
하나인지 직접 보니 이해가 됐다.

수십여 개의 전각이 줄줄이 꼬리를 이으며 늘어서 있었고,
많은 무림인들이 굳거나 슬픈 표정으로 움직이고 있었다.

마붕권이 이수린이 있는 문주전을 향해 앞장서면서 말했
다.

"그놈들이 지금까지는 승승장구했지만 이젠 강력한 저항

에 부딪칠 겁니다. 목숨을 잃을지도 모르는데 돕겠다는 사람이 문전성시를 이루고 있습니다."

혈광비가 말을 받았다.

"제가 보기에도 그렇습니다. 과연 정파의 저력은 대단하구나 하는 것을 느꼈지요. 왜 무림의 역사가 대부분 정파가 주류였는지 이제 알 것 같습니다."

들떠 있는 그들과 달리 무루와 유라의 얼굴은 굳어 있었다. 마봉권과 혈광비도 아까 청절검과 매봉이 한 비슷한 말을 하고 있었다.

필시 새벽에 쳐들어올 것이라는 적을 대비해 분주히 움직이는 사람들. 그들 중 얼굴에 슬픈 기색이 비치는 자들은 수장을 암살당한 봉황문도들이다.

그러나 무표정한 사람, 굳은 표정의 사람들 정체는 무엇일까? 굳이 입고 있는 무복을 보지 않아도 무루와 유라는 봉황문도와 외부 사람을 구분할 수 있었다.

무림맹 호광지부뿐만이 아니었다.

이곳에도 봉황문을 돕겠다는 사람들이 상당수 몰려든 것이다.

무루는 계속 발을 옮기며 주변의 사람들을 보았다. 봉황문도와 타 방파의 사람들, 그리고 낭인으로 보이는 자들이 모두 뒤죽박죽 뒤섞여 있었다.

무루는 신음을 삼켰다.

호광지부뿐만이 아니다. 봉황문도······.

어쩌면 현 강호에 건재하는 방파의 상당수가 이런 모습일지도 몰랐다. 아니, 그럴 공산이 짙었다.

무루는 적들의 대담함과 치밀함에 충격을 받았다.

그저 규모가 상당하고 고수들이 많은 집단이라고만 생각했다. 그러나 그것뿐만이 아니었다.

적들은 일차로 주요 인사들의 암살과 정파의 핵심을 기습 공략해 혼돈에 빠뜨렸다.

그리고 이차로, 단단히 방비를 한 정파인들에게 이와 같이 안과 밖에서 동시에 공격하는 방법으로 상당한 타격을 입힐 심산이었다.

그렇게 되면 무림은 혼돈에 이어 공포에 빠질 것이다.

일, 이차의 공격으로 정파의 기둥이 송두리째 뽑혀 나갈 것이다. 적들과 제대로 맞서 싸울 교두보 역할을 할 명숙들이 사라진 세상이 온다면?

문제는 그것뿐만이 아니다.

이번 이차 공격이 성공리에 끝나면 천하는 혼돈과 공포 속에서 그보다 더 무서운 적과 마주치게 될 터였다.

불신(不信)!

돕겠다고 자처하는 순수한 이들도 의심하게 될 것이 빤했다.

세상의 모든 일에서 신뢰가 무너지면 결과는 하나다.

파국(破局)!

무루는 자신도 모르게 몸을 떨었다.

적들의 강함과 규모보다 이 치밀하고 은밀한 계획들이 몸 서리처질 정도로 두렵게 다가왔다.

그랬다.

놈들이 쓰고 있는 일, 이차 계획의 목적은 이것이었다.

불신천하지계(不信天下之計)!

"소름 끼치도록 무서운 자들이로구나."

무루가 부지불식간에 탄식하며 중얼거리자 마붕권과 혈광 비가 의아한 얼굴로 쳐다보았다.

무루가 예의 차가운 얼굴로 말했다.

"서둘러야겠소."

"네? 예, 그리하겠습니다."

마붕권이 고개를 주억거리며 속도를 높였다. 그 뒤를 따르 는 무루의 안색은 침중했다.

이곳은 미리 알아내 막을 수 있다지만 천하에 산재한 수많 은 곳은 어떻게 될 것인가?

자신처럼 이런 것을 간파한 곳들도 분명 있을 것이다. 천하 인이 모두 바보천치가 아닌 이상에. 하지만 많은 이들이 이번 공격에 당할 것도 자명했다.

결국 적들의 불신천하지계는 성공할 터였다.

그렇게 되면 당장 원탁의 무리를 상대하는 것도 힘겨워질 것이다. 이틀 전 곤륜파를 불태웠다는 마교.

무력만으로 따지면 천하제일방파인 마교를 상대하기 위해서는 정파가 반드시 연합을 해야 했다. 하지만 그것도 불가능하게 될 것이리라.

사천 지역의 정파들은 제대로 연합하지 못하고 마교에게 각개격파될 공산이 농후했다.

적과 아군이 모호한 세상.

무루는 눈을 감았다.

파국으로 가고 있음을 알았지만 자신이 할 수 있는 것은 아주 적었다.

잠시 감았던 그의 눈이 떠졌다.

"지금 할 수 있는 것, 그것에만 집중할 수밖에."

유라가 말했다.

"오라버니, 호광지부가 아니라 여기가 목표인 것 같은데요?"

"모두 다."

"예?"

"여기도 호광지부도, 그리고 천하 각지에서 이런 일이 벌어지고 있을 것이다."

"……!"

무루와 관련된 일이 아니라면 절대 놀라지 않는 유라마저 눈을 치켜뜨며 충격 받은 표정을 지었다.

"한 공자님, 이렇게 도와주러 와주셔서 진심으로 감사드립니다."

초췌한 모습의 이수린이 묵검, 문주 호위대 열 명과 함께 문주전의 입구에서 무루를 맞았다.

무루를 보는 그녀의 눈에 갑자기 눈물이 핑 돌았다. 그리고 무루의 양손을 자신의 손으로 꽉 움켜잡았다. 유라는 입술을 꾹 깨물고는 고개를 돌려 버렸다.

'참자. 참아. 상황 봐가면서 질투를 해야지.'

그녀로서는 놀라운 인내력이었다.

이수린이 옆 건물을 가리키며 말했다.

"한 공자님, 제 아버님을 안치한 곳입니다. 먼저 그곳에 들러……."

"그럴 시간이 없소. 안으로 듭시다."

무루가 고개를 저으며 이수린에게 말했다. 그러자 이수린과 묵검, 호위대가 당황했다. 그들뿐만 아니라 마붕권과 혈광비도 놀랐다.

"주, 주군, 이건 경우가 아닌 것 같습니다."

"사람의 도리란 것이 있는데……."

"시간이 없다 했소!"

무루가 단호하게 외치자 유라가 거들었다.

"우리 오라버니가 허튼말이나 행동 하는 거 봤어요? 다 사정이 있어요."

그녀의 말에 이수린이 유라를 직시했다. 마주 보는 두 여인 사이로 기묘한 분위기가 흘렀다. 이수린이 입술을 질끈 깨물더니 고개를 끄덕였다.

"알겠습니다. 그럼 문주전으로 드시지요."

이수린이 몸을 옆으로 비켜 무루가 먼저 들어가라는 모습을 취했다.

이수린은 이제 봉황문의 문주다.

그런 그녀가 한 행동은 극상의 예였다.

무루가 살짝 눈살을 찌푸렸지만 이 작은 일로 시간을 낭비하고 싶지는 않았다.

무루가 이수린에게 말했다.

"봉황문의 수뇌부를 모두 소집시켜 주십시오."

"그러지 않아도 안에서 기다리고 있습니다."

"믿을 수 있는 중간 간부들도 부탁드리겠습니다."

이수린은 갑자기 이러는 무루가 당황스러웠다. 그러나 엷은 미소로 고개를 끄덕이고는 옆의 호위대에게 최대한 빨리 중간 간부들을 문주전에 들도록 지시했다.

이수린의 시선이 다시 무루에게 옮겨졌다. 그녀는 아무것도 묻지 않았다. 그저 무루를 보며 미소만 지었다.

전적으로 신뢰한다는 표정이었다. 무루가 고개를 살짝 숙이며 감시를 표했다.

모두가 의아해하면서도 흐뭇하게 그 둘을 지켜봤다. 단 한 사람, 유라만 제외하고는.

그녀는 참을 인(忍)을 가슴에 연방 새기고 있었다.

'참자. 참자. 참아야 하느니라. 참아야 해. 학봉은 아버지가 돌아가셨어. 참자. 참자. 학봉은 봉황문 식솔을 지켜야 하는 막중한 임무를 맡고 있어. 참아. 참아. 하지만! 지금만이야!'

유라는 얼마나 세게 입술을 이로 짓눌렀는지 핏물이 툭 튀어나올 지경이었다.

2

문주전에서 무루가 한 말은 모여 있는 사람들을 충격에 빠뜨리기에 충분했다.

상석에 배치된 두 개의 태사의.

이수린은 무루의 자리를 봉황문의 문주인 자신과 나란히 두었다. 또다시 그녀가 보인 극진한 성의였다.

그것 때문에 봉황문의 장로나 많은 사람들이 심기 불편한 표정을 지었다. 그러나 무루가 말이 끝난 지금 좌중은 그런 것을 따질 정신이 없었다.

봉황문의 수석장로 태평자(太平子)가 입을 열었다.

"한 공자는 지금 내뱉은 그 놀라운 말에 책임을 질 수 있소

이까?'

무루가 눈살을 찌푸리며 대꾸했다.

"없습니다."

"아니, 이리 엄청난 말을 하고서는 책임질 수 없다니, 이 무슨 황망한 말이오?'

"나는 돌아가는 사태를 보고 가능성이 있는 얘기를 알려드린 것뿐입니다."

"허어, 그저 가능성이 있어서 그런 얘기를 했다는 거요?'

역시나 유라가 결국 발끈했다.

"지금 뭐하는 거죠? 알았어요. 그럼 우리 오라버니가 한 말, 못 들은 것으로 해요. 됐죠?'

그녀의 말에 태평자가 당황했다. 기실 새파랗게 어린 청년이 궁주와 나란히 앉아 있는 것이 불편한 터였다. 그런데 그의 입에서 나오는 말 하나하나가 모두 경천동지할 것이다.

너무나 엄청나 믿기 힘든 말들이다.

유라가 무루에게 말했다.

"오라버니, 일어나죠. 도와주러 온 사람한테 지금 대하는 것 좀 보세요. 흥!"

이수린이 고개를 숙여 무루에게 사과했다.

"죄송합니다."

"괜찮소. 하나 솔직히 나는 조금 실망했소."

"……"

"그대가 어리다 하나 이젠 대방파를 이끌어가야 할 문주요. 그리고 지금 내가 한 말은 화급을 다투는 일이오. 적들이 올 것이라 유추하는 시간까지는 세 시진 정도밖에 남지 않았소."

"……."

"그대는 지금 한갓지게 내 말의 시시비비를 가릴 때라고 생각하시오? 물론 정상적인 상황이라면 그것이 먼저겠지만 지금은 최악의 상황을 가정해 대책을 세워야 하지 않겠소?"

그 말에 이수린보다 태평자의 얼굴이 더 붉게 달아올랐다.

이수린이 대꾸했다.

"저 역시 공자님의 말씀이 사실일 경우를 대비해 대책을 세우는 것이 급하다고 생각합니다."

태평자 옆의 장로가 입을 열었다.

"문주, 급할수록 돌아가라는 말이 있습니다. 아무리 사안이 긴박하다 해도 사실 여부의 확인부터 따지는 것이 우선 아니겠습니까? 만약 단순한 추측이었고, 사실이 아닌 것으로 밝혀지면 지금 우리를 도와주러 온 많은 사람들의 사기를 짓밟는 행위가 됩니다."

태평자가 다시 입을 열었다.

"지난 마교의 칠차 침공 이후 어렵게 여기까지 온 본 문입니다. 그런데 이런 위기 상황에서 강호 동도들의 순수한 마음을 짓밟았다가 잘못되면 본 문의 위신은 땅에 떨어질 것이고 다시는 명문이라는 이름을 얻지 못할 것입니다."

옆의 장로가 재차 말을 받았다.

"길고 넓게 보셔야 합니다. 명문의 길은 그렇게 험난한 것입니다. 이번에 우리가 잘못 판단하면 다음에 우리가 힘들 때 그 누가 도와주러 오겠습니까?"

이수린은 이맛살을 찌푸리며 한숨을 흘렸다.

수장의 자리.

겉으로 보기엔 너무나 화려한 자리다. 그러나 막상 자신이 오르고 보니 고독하고 힘겨운 자리였다.

양쪽 모두의 말이 옳았다.

그녀가 고민에 빠진 얼굴을 하자 무루가 말했다.

"언제까지 고민할 생각이오? 적이 올 때까지?"

태평자가 발끈하며 자리에서 일어났다.

"허어! 지금 감히 본 문의 문주를 겁박하는 것인가? 대체 그대의 신분이 뭔가? 문주와 친분이 있다는 건 아나 지금 이게 무슨 돼먹지 않은 경우인가? 남의 안방에 들어와 수장을 협박하다니!"

기실 태평자나 봉황문의 수뇌부들이 무루의 말을 신뢰하지 못하는 것도 나름대로 이유가 있었다.

제대로 된 정체도 밝히지 않고 무시무시한 말을 쏟아내니 오히려 무루가 간세가 아닌가 하는 생각마저 들 지경이었다.

또한 기존에 있던 마붕권과 혈광비에 대해서도 그들은 탐

탁지 않게 여기고 있었다. 마붕권은 흑도의 인물이고 혈광비는 스스로 정체를 밝힌 적은 없지만 살수 특유의 냄새를 수뇌부는 간파하고 있었다.

그러니 흑도의 인물과 살수가 모시는 정체 모호한 청년을 전적으로 신뢰한다는 것은 애초에 불가능했다.

무루는 천천히 고개를 주억거리며 봉황문 수뇌부가 느끼고 있는 감정을 간파했다. 그의 입가에 씁쓸한 미소가 스쳤다.

답답하기는 하지만 저들로서는 당연한 반응이다. 그런데 문제는 자신이 딱히 저들에게 내세울 만한 지위나 사회적 배경이 없다는 점이다.

'급할수록 돌아가야 한다고 지적한 말이 그 뜻이었군. 내 정체부터 명확히 하라는.'

무루는 자신이 너무 서둘렀음은 인정했다. 하지만 그로서는 자신이 할 수 있는 어쩔 수 없는 선택이기도 했다.

무루의 시선이 이수린에게 향했다.

결국 선택의 몫은 그녀에게 달렸다.

이수린은 무루가 자신을 보자 입술을 꾹 깨물고는 좌중을 향해 말했다.

"수석장로님께 여쭙겠습니다."

부친의 일로 힘없어하던 목소리가 아니었다. 그녀의 등과 목이 꼿꼿이 섰다. 그녀의 음성은 단단하고 묵직했다.

변한 어조를 느낀 태평자의 눈에 이채가 스쳤다.

"하문하시지요."

"여기 계신 한 공자께서 실로 충격적인 가정을 저희에게 하셨습니다."

"그렇지요."

"지금 장로님들께서는 일의 사실 여부부터 가리자고 하셨습니다. 어찌하실 요량입니까?"

"……."

"대책도 없이 일단 비판부터 하신 겁니까?"

"아니, 그러니까……."

이수린이 태평자의 우물거리는 말을 무시하고 거침없이 말을 이었다.

"만의 하나 한 공자의 말이 사실이라면, 그래서 쳐들어온 적들과 싸우고 있을 때 도와주러 온 이들 중 적도로 돌변하는 이들이 나오면 어떻게 하실 겁니까?"

태평자의 표정이 묘하게 변했다.

"문주, 그러니까 천천히 대책을 함께……."

"지금! '천천히!' 라고 하셨습니까?"

그녀의 고성에 좌중이 화들짝 놀랐다. 평소에 보여주던 이수린의 모습이 아니었다.

"대체 그 천천히라는 시간은 언제까지입니까?"

태평자가 미간을 좁히며 이수린을 똑바로 마주 보았다. 한

참 어린 주군이다. 앞으로 봉황문은 자신이 책임지고 이끌어 가야 한다는 생각을 하고 있는 그였고, 장로들이다. 많은 것을 가르쳐 가며 봉황문의 진정한 문주의 위엄을 보일 때까지 말이다.

"그럼 문주는 어떻게 하자는 겁니까? 왜 같은 식구인 우리보다 저 청년을 두둔하는 겁니까?"

"나는…… 내 선택에 책임을 질 겁니다. 그게 제 자리입니다. 묻겠습니다. 지금 장로님께서는 여기에서 하신 말에 책임을 지겠습니까?"

태평자를 비롯한 수뇌부, 그리고 같이 자리한 간부들의 눈동자가 흔들렸다.

책임!

무섭고 무거운 말이다.

이수린의 말이 이어졌다.

"이런 비상 상황에서 책임이란 그저 일이 잘못됐을 경우 목숨만 내놓는 것이 아닙니다. 자리만 내놓는 것이 아닙니다. 더 중요한 명예를 내놓아야 할 겁니다."

"……!"

"나는 봉황문의 신임 문주로서 명합니다. 지금은 전시(戰時)입니다. 전시에 평소와 같은 느긋함으로 일을 하려는 자는 지위 여부를 상관않고 파문할 것입니다."

"……!"

"또 명합니다. 봉황문주인 나 학봉 이수린은 여기 있는 한 공자를 신뢰합니다. 그의 말을 받아들여 본 문은 지금부터 최대한 신속하게 우리를 도와주러 온 사람들을 분리, 조사합니다."

태평자가 입을 열었다.

"그 선택이 잘못된 것이라면?"

"분명 말씀드렸습니다. 저는 책임을 지겠다고. 목숨과 자리와 명예, 모든 것을 내놓겠다고."

"……."

"만약 제 말에 이의를 제기한다면? 수석장로님도 책임을 지겠습니까?"

태평자의 눈에 파문이 일었다. 그가 침묵하자 이수린이 또박또박 말했다.

"수석장로님, 지금 침묵할 시간도 없다는 것을 아직 모르고 계신 겁니까? 지금은 선택하고 움직여야 하는 때입니다. 저는 선택했습니다."

"허허허."

갑자기 태평자가 웃음을 터뜨렸다. 좌중이 놀라 그런 태평자를 보았다.

"부드러움 속에 강함을 숨기고 계셨군요. 이 노부도 늙었나 봅니다. 안목이 이렇게 흐려져서야."

이수린은 탁자 밑에 있는 손을 말아 힘껏 주먹을 쥐었다.

솔직히 가장 놀란 건 자신이었다.

어려서부터 보아온 어르신들에게 이렇게 말할 수 있다는 것이 믿어지지 않았다. 그들은 그녀에게 아주 높은 벽이었다, 넘어서기까지는 아주 오랜 시간이 걸릴.

그녀는 속으로 생각했다. 이게 다 옆에 그가 있어서일 때문이라고. 무루, 한 무루 공자가, 그가 있어서 높은 벽을 오를 수 있었다.

그렇게 오르니 새로운 세상이 그녀 앞에 보였다.

태평자가 고개를 돌려 좌중을 훑었다.

"뭐하느냐? 문주님의 명이 떨어졌다. 모두 일어서 각자 책임지고 있는 수하들만 따로 모아 은밀히 이 사실을 알려 만일의 사태에 대비, 마음을 단단히 하게 하라. 동시에 각자의 부대로 편성된 외부 지원자들을 신분과 정체가 확실한 자, 불분명할 뿐만 아니라 의심이 가는 자, 판단 보류, 세 분류로 나눠야 한다. 특히 낭인과 용병들은 신중하고 또 신중하게 판단하라."

"예!"

중간 간부들이 벌떡 일어서 우렁차게 대답했다.

"간자가 있다면 그들을 척결한 시간은 저녁 식사 시간으로 하겠다. 저녁 식사 시간 전까지 남은 시간이 반 시진 하고 일각. 그러니 분류를 끝내고 삼각 안에 보고하라. 어서 움직여라."

그의 말에 중간 간부들, 그리고 부대 편성에 책임이 있는 수뇌부의 장로 몇몇이 빠르게 밖으로 빠져나갔다.

태평자가 다시 이수린을 향해 시선을 옮겼다.

"문주, 의심이 가는 자와 판단 보류자들은 일단 식사에 산공독(散功毒)을 넣겠습니다."

산공독은 내공을 흩뜨리는 독이다. 약간의 시간이 지나면 공력을 쓸 수 없게 된다.

사람들은 태평자의 선택에 경악했다. 어쩌면 그들은 간세가 아닐 수도 있었다. 그런데 독을 쓰다니.

이수린이 곤혹스러운 표정을 지었다.

"그렇게까지 할 필요가 있을까요?"

"문주께서 하신 말처럼 이것저것 세세히 따질 시간이 없습니다. 또한 그들이 간자가 맞다면 심하게 반발할 것이고, 그것을 막아야 하는 우리의 피해도 커질 것입니다. 기왕지사 하기로 마음먹었다면 독해야 합니다. 실행에 있어 우유부단하다면 오히려 하지 않음만 못하지요."

"……."

무루 일행은 태평자를 다시 보았다. 과연 경륜이란 것은 괜히 쌓이는 것이 아니었다. 선택에 신중하되 결정하면 밀어붙이는 추진력이 놀라울 정도였다.

봉황문이 그 짧은 시간에 다시 명문대방파로 기틀을 다진 데에는 그만한 이유가 있었던 것이다.

인재(人才).

단지 돈만으로 명문으로 올라서는 것은 불가능하다. 사람이 썩었다면 밑 빠진 독에 물 붓는 격일 뿐.

무루는 고개를 끄덕이며 묘책이라고 생각했다. 일단 산공독으로 제압하고 의심을 풀 만한 자들에게는 해독약을 주면 될 터였다.

이수린이 말했다.

"알겠습니다. 그 책임은 말씀드린 대로 제가 지겠습니다."

태평자가 고개를 저었다.

"아닙니다. 봉황문의 수장 자리는 그리 가벼운 것이 되어서는 안 됩니다."

"예?"

"지금의 선택이 실수라면 그 책임은 제가 집니다. 제가 단독으로 저지른 것으로 할 것입니다."

"수석장로님!"

이수린이 놀라 자리에서 일어났다.

태평자가 빙그레 웃었다.

"잘못된 선택이었다면…… 문주께서 그 죄를 물어 제 목을 치셔야 합니다."

"……!"

"나 태평자의 목이라면…… 사람들도 충분히 수긍해 줄 것입니다."

"그, 그럴 수는 없어요. 제가 어찌 수석장로님을…… 어려서부터 절 귀여워해 주신 분인데."

이수린의 목소리가 떨렸다. 그러나 태평자는 인자한 미소를 지으며 답했다.

"그렇게 하셔야 합니다. 그게 지존의 자리라는 겁니다. 고독하고 외로운 자리."

"……"

"저는 기꺼이 봉황문을 위해서 목을 바칠 수 있습니다. 왜냐하면 좀 전에 보여준 문주의 모습을 보았으니까요. 본 문은 반드시 더 훌륭하게 성장할 것이라 믿어 의심치 않습니다."

이수린은 충격에 빠져 대꾸조차 못했다.

태평자는 무루를 보며 말했다.

"한 공자."

무루가 상체를 앞으로 붙이며 대꾸했다.

"말씀하시지요."

"문주께서 왜 그대를 그토록 신뢰하는지 난 이유를 모르오."

"봉황문의 안전을 위해 내린 결단이 아니겠습니까?"

태평자의 미소 짓는 입가가 살짝 뒤틀렸다.

"만약 그대가 말한 것이 거짓이라면, 그래서 본 문을 궁지로 몬다면 나는 결코 나 혼자 죽지 않을 것이외다."

무루를 저승길의 동반자로 삼겠다는 말이다.

무루가 어깨를 으쓱하며 답했다.

"그럴 일은 없을 겁니다. 그리고…… 산공독을 쓴 다음에 저들의 짐을 조사해 보십시오."

"물론 그럴 생각이네."

무루가 품속에서 은평채의 산적들 품에서 가져온 신비환을 꺼냈다. 염낭 속에서 몇 알을 꺼낸 무루는 그것들을 탁자 위로 또르르 굴렸다.

좌중이 의아한 얼굴로 환약을 보았다.

붉은 빛과 거무튀튀한 색이 감도는 알약.

"이건 신비환이라는 겁니다."

태평자가 자신의 앞에까지 굴러온 신비환 한 알을 꺼내보며 물었다.

"이게 뭔가?"

"내공과 육체의 힘을 일시적으로 열 배가량 증폭시켜 줍니다."

"……!"

"단, 한 시진이 지나면 하루 가까이 폐인이 되지요. 그리고 어느 정도 복용하면 그 후유증도 상당할 것이라 짐작됩니다. 이지를 상실한 괴물이 될 공산이 크지요."

무루는 지난밤 스스로 신비환을 복용해 직접 그 기운이 움직이는 것을 체험해 보았다.

물론 종선기로 신비환의 기운이 지나치게 날뛰지 않도록

조절하면서 말이다.

신비환은 하단전과 근육의 한계를 훌쩍 넘기게 활성화시키는 작용을 했다. 분명 신비환 복용자 중에는 그것을 감당하지 못하고 전신이 터져 죽는 사람들도 존재했을 것이라 짐작할 수 있었다.

무엇보다 이 기운은 뇌수로도 파고들었다. 무루는 종선기로 차단했지만 신비환의 독기는 끊임없이 머리와 상단전을 공략했다.

그가 방금 내뱉은 말처럼 신비환에 중독된 자들은 얼마 못가 인간이 아닌 강시 같은 존재로 변하게 될 것이 자명했다.

"그들의 짐이나 품속에 그 환약이 있다면…… 그들은 확실한 간자들입니다."

第十一章
최선의 선택

절대
고수
絶代
高手

1

　자신도 모르는 사이에 산중독에 당한 이백여 사람들은 모
두 격한 반응을 보였다.

　거침없이 튀어나오는 욕설과 은혜를 원수로 갚느냐는 한
서린 고함이 봉황문의 연무장에 난무했다.

　봉황문 정문 바로 뒤의 대연무장 가운데.

　산공독으로 힘을 쓰지 못하고 맥없이 쓰러져서 분노 어린
말만 내뱉는 그들을 보며 봉황문도들과 신분이 확실한 지원
세력들은 곤혹스러움을 감추지 못했다.

　봉황문의 집무각(集武閣) 무인들이 이백여 명의 품속을 뒤
지고 있었다.

그리고 그들 중에 신비환을 감추고 있는 염낭이 속속 발견됐다.

"그, 그건 그냥 몸보신에 필요한 한약일 뿐이다."

"너무 무례한 것 아니오? 명문이라는 봉황문이 어찌 이런 무도한 짓을 한단 말이오."

욕을 뱉는 이들은 봉황문이 신비환을 찾는 것을 보며 눈에 띄게 당황하는 모습을 보였다.

집무각 무인들은 묵묵히 신비환이 발견되는 자들과 그렇지 않은 자들을 분리해 위치시켰다.

그들의 작업이 거의 끝날 무렵에 거처의 짐을 뒤졌던 봉황문도들이 나타났다. 그들은 품속에서 신비환이 발견되지 않았던 무리에게서 십여 명을 가리켰다.

그렇게 분류가 끝나자 태평자는 신음을 흘렸다.

이백여 명 중에서 신비환을 갖고 있는 자들이 무려 백오십 명에 달했다.

저들이 적과의 싸움 중에 상당한 고수로 돌변해 등을 노렸을 것이란 생각을 하면 모골이 송연해질 정도다.

신비환의 소지자들은 정체가 들통 났음을 직감하고는 침묵했다.

봉황문을 도와주러 온 이들 중 명천문(明天門)이란 소방파의 문주가 궁금증을 참지 못하고 입을 열었다.

"봉황문주! 대체 그 환약이 무엇이오?"

그의 질문에 태평자가 대신 답을 해주었다. 그러나 사람들은 불신의 기색을 버리지 못했다. 그리고 태평자나 봉황문도들도 뭔가 석연치 않은 마음을 갖고 있는 것은 사실이었다.

이수린이 나서서 입을 열었다.

"이자들이 모두 똑같은 환약을 가지고 있다는 것이 이상하지 않으신가요?"

명천문주가 고개를 끄덕였다.

"확실히 그 점은 이상하오. 하지만 그렇다고 똑같은 환약을 가졌다는 이유만으로 이렇게 다짜고짜 많은 사람들에게 독을 먹이고 의심하는 것은 조금 지나친 처사가 아닐까 합니다."

사람들은 명백한 증거를 보길 원했다. 이수린 역시 그것이 궁금한 터라 무루를 보았다.

"실험해 보아야 할 것 같습니다."

무루가 고개를 끄덕이자 이수린이 명을 내렸다.

"저들 중 한 명을 꺼내 신비환을 복용시켜라."

"예!"

집무각주가 신비환을 가지고 간자들에게 다가갔다. 그러자 그들의 눈이 빛났다.

꼼짝없이 죽게 된 목숨이었다. 그러나 저 약을 먹으면 도망칠 수도 있지 않을까 하는 바람이 간절하게 들었다.

서로가 자신에게 달라고 하는 광경에 지켜보는 사람들이

당황했다.

집무각주가 가장 젊은 청년 하나를 데리고 나오자 그 수하 한 명이 외쳤다.

"호광성에서 낭인으로 활동했다는 부소라는 이름의 청년입니다. 나이 스물다섯. 무공 수위는 이류. 장기는 경공과 용조공(龍爪功)에 능하다고 밝혔습니다."

집무각주가 부소의 입에 신비환을 넣었다.

꿀꺽.

그가 신비환을 삼키고는 고개를 숙였다. 그리고는 가만히 숨을 골랐다. 그렇게 일각 정도가 지나자 명천문주가 지루하다는 듯이 말했다.

"저들은 산공독에 중독되어 있습니다. 제대로 된 확인이 어렵지 않겠습니까?"

그의 질문이 끝날 때였다.

부소가 갑자기 몸을 일으키더니 반 장 거리에 떨어져 있는 집무각주를 향해 쇄도했다.

"헉!"

처음에는 긴장했다가 차츰 느슨해져 가던 집무각주가 헛바람을 토하며 축심삼보(蓄深三步)란 보법을 밟아 공격을 피했다.

그런데 이류라는, 그것도 산공독에 중독된 부소가 고수인 집무각주의 보법을 놓치지 않고 따라가 손을 뻗었다.

파앗!

"헉!"

집무각주의 입에서 다시 헛바람이 터졌다. 그의 등을 부소의 손이 거칠게 할퀴었다. 집무각주는 체면 따위는 버리고 뇌려타곤(惱驢朶坤)이라는, 바닥을 미친 듯 구르는 보기 흉한 보법을 선택했다.

순간 부소가 방향을 바꿔 반대쪽으로 맹렬히 질주했다.

창졸지간에 벌어진 일에 사람들이 놀라 제대로 대처도 못하는 상황에 태평자가 노성을 터뜨리며 그 뒤를 따랐다.

"갈! 정말로 네놈들이 간자들이었구나!"

부소가 주변을 에워싸고 있던 사람들 위로 솟구치는 순간, 태평자의 손이 그의 어깨를 움켜쥐었다.

빙글.

부소가 허공에서 허리를 틀었다. 그리고는 자신의 어깨를 잡은 태평자의 손목을 다른 손으로 가격했다.

퍼억!

부소와 태평자가 동시에 놀랐다.

부소는 오히려 때린 자신의 손이 얼얼함에 놀랐고, 태평자는 자신을 공격한 부소에 놀랐다. 아무리 강해졌다고 해도 허공에서 허리를 틀어 정확히 자신의 손목을 때릴 줄은 예측 못했던 것이다.

"크윽!"

"허억!"

둘이 동시에 바닥으로 떨어졌다. 사람들이 우르르 뒤로 물러났다.

태평자는 땅에 착지하자마자 부소의 얼굴을 발로 가격했다. 그런데 부소가 살짝 목을 비틀어 그 공격을 피하고는 오히려 다섯 손가락을 꺾으며 쇄도했다.

"......!"

태평자의 눈동자가 흔들렸다. 칠성의 공력이 담긴 공격을 피하는 것으로도 모자라 공격까지 해오다니. 그는 그제야 깨달았다, 방심하면 자신이 망신당할 수도 있음을.

창! 쇄액!

태평자의 검이 빛살처럼 발검되어 부소의 손을 베었다.

"끄아아악!"

부소가 비명을 질렀다. 그 와중에서도 다른 손이 태평자의 목을 노리고 파고들었다.

슈각!

태평자의 검이 부소의 가슴을 관통했다.

부르르르.

부소가 전신을 떨며 이를 갈았다.

"제길……."

그의 다섯 손가락이 태평자의 목 지척까지 접근해 있었다.

쿠웅.

부소가 바닥에 떨어지며 절명했다.

사람들은 아주 짧은 순간에 일어난 광경에 입을 다물지 못했다. 충격이 모두의 뇌리를 강타한 것이다.

태평자가 핏물 어린 검을 검집에 넣고는 무루를 보았다.

"곧 닥쳐올 적들이 신비환을 복용했을 것 같소?"

무루가 자신의 생각을 대꾸했다.

"신비환의 약효 시간은 한 시진. 그러니 적들의 선두는 복용했을 것이라 생각됩니다. 그리고 후위는 굳이 신비환이 필요없을 정예들이겠지요. 어쨌든 관건은 신비환을 복용한 자들에게 피해를 최소화하는 것이 중요할 겁니다."

"으음……."

태평자는 신음을 삼켰다. 그뿐만 아니라 모두가 마른침을 삼켰다.

밤이 흘러가고 있었다. 곧 그들이 몰려올 것이다. 이각 전에 적이 삼십 리 앞까지 몰려왔다는 연통이 이미 도착해 있었다. 한 시진 안에 적이 코앞으로 당도할 터였다.

적의 규모는 칠백여 명.

이곳에 있는 사람은 일천이백여 명이었다.

숫자는 우세했지만 적은 모두가 정예일 터였다. 약자들은 신비환을 복용했을 것이기에.

모두의 손바닥에 땀이 흥건했다.

이수린도 긴장감에 몸을 한 차례 떨다가 무루를 보았다. 그러자 차차 그녀의 심장이 진정됐다.

이 사람이 있다.

그때 정문을 지키던 호위가 급히 한 사람을 데리고 달려왔다.

남색 경장의 전령이 이수린을 향해 쓰러지듯이 부복하며 외쳤다. 얼마나 급히 달려왔는지 보지 않아도 짐작이 가능했다.

"도, 도와주십시오. 호광지부로 적들이 몰려오고 있습니다. 그들 중에 철강시가 있습니다. 적들의 목표는 봉황문이 아니라 호광지부입니다. 한시가 급합니다. 최대한 막고 있을 터이니 후위를 공략해 달라는 지부장님의 전언이……."

마붕권이 딱하다는 소리로 끼어들었다.

"이보게, 지금 이곳으로도 적이 오고 있다네."

"예? 정말입니까?"

무루는 당황했다.

호광지부는 이곳인 장사보다 훨씬 위쪽인 악양이다.

당연히 청절검 장로는 자신이 봉황문에 도착한 것보다 훨씬 늦게 당도했을 터.

그런데 적들의 호광지부를 향한 공격이 이리 빨리 이뤄졌다면?

"청절검 장로와 매봉을 보았소?"

"예. 제가 나오기 삼각 전에 지부에 들어오셨습니다."

삼각!

겨우 삼각이라면 간자들을 추릴 시간이 없다.

무루 일행과 봉황문의 사람들이 안타까운 얼굴로 눈을 감았다.

그곳에 있지 않지만 짐작할 수 있었다.

맞서 싸우는 것도 힘겨울 터인데 간자들이 들고 있어났다면 아비규환에 빠져 있을 터였다.

무루는 절망적인 상황에서도 희망의 끈을 놓지 않고 물었다.

"혹 간자들 색출에 대한 얘기는 못 들었소?"

전령은 어리둥절한 표정을 지었다. 그것으로 결론은 났다.

이수린이 무루와 태평자를 번갈아보며 물었다.

"우리는…… 어떻게 해야 할까요?"

태평자가 답했다.

"문주, 이미 그곳은 늦었을 겁니다. 그리고 지금 우리는 눈앞의 상황도 결과를 장담하기 어렵습니다."

무루가 고개를 주억거렸다.

"그 말이 맞소."

모두가 침묵했다.

태평자가 조용히 무루 곁으로 다가와 속삭였다.

"고맙네. 자네가 아니었으면 봉황문은 오늘 끝장났을 것이네."

이수린이 말했다.

"호광지부에는 삼천 명이 넘는 무사들이 있어요. 그들 모두가 전멸하는 건 아니겠지요?"

무루가 한숨을 쉬며 답했다.

"상황 판단을 현명하게 하는 이들이 있기를 바랄 수밖에."

무루는 청절검과 매봉을 떠올렸다.

음모를 알고 있는 그들은 삼각 동안 무엇을 했을까?

둥, 둥! 둥, 둥!

북소리가 울렸다.

두 번씩 짧게 치는 소리가 몇 번을 반복하고 끝났다.

적들이 이십 리 밖까지 다가왔다는 신호다.

아닌 게 아니라 여기도 당장 발등에 불이 떨어졌다.

유라가 미안하다는 듯이 중얼거렸다.

"그래도 그 청절검 할아버지와 매봉은 안면이 있는데 죽어버리겠네. 왠지 좀 미안한걸. 지금이라도 달려가면 삼천 명 중 조금이라도 구해줄 수 있겠지만 어쩔 수 없지."

그녀의 중얼거림을 사람들은 애써 외면했다. 그녀는 무루 옆으로 쫄래쫄래 다가와 붙었다.

"미안하긴 하지만 이게 최선의 선택이니까. 지금 이 자리에서 할 수 있는 것을 열심히 하는 것. 그렇죠, 오라버니?"

유라가 심란한 무루를 나름 위안해 주려고 애교를 부렸다. 무루가 고개를 주억거렸다.

"그래, 이게 최선의 선택……."

무루가 말을 흐리며 얼굴을 굳혔다.

그들이 죽어가는 것을 방관만 하는 것이 최선의 선택일까?
자신은 정말 최선을 다한 것일까?

그의 머리가 핑핑 돌았다. 그리고 잠시 침묵하던 무루가 눈
을 빛내며 고개를 들어 이수린을 보았다.

"이 소저."

이수린은 다가올 적을 대비해 자리로 돌아갈 것을 명하려
다가 무루를 보았다.

"예?"

"이건 최선이 아닌 것 같소."

모두의 눈과 귀가 무루에게 모였다. 이수린이 당황하며 말
했다.

"무슨 말씀이신지?"

"난 호광지부에 가봐야 할 것 같소."

"……!"

그녀는 놀라 아무 말도 하지 못했다. 태평자는 심기 불편한
얼굴로 고개를 돌렸다.

"한두 사람이 간다고 달라질 것이 뭐가 있다고? 마음대로
하시게. 어차피 이곳도 그대가 빠진다고 크게 변할 것은 없을
테니까."

그러면서도 태평자는 가슴을 졸였다.

무루는 몰라도 마붕권은 탐이 났다.

오백위의 초인.

그 한 명이 싸움에서 얼마나 큰 힘이 되는지는 잘 알고 있었다.

이수린이 입술을 잘근잘근 깨물다가 아쉬움을 삼키고는 고개를 주억거렸다.

"뜻대로 하십시오."

"봉황문은 충분히 적들을 이겨낼 수 있을 것이오. 어쨌든 저들의 주력은 호광지부에 몰려갔을 것이니."

"예. 반드시 그리할 것입니다. 이곳을 꼭 수성해 낼 것입니다."

무루가 고개를 저었다.

"최선의 선택은 수성이 아니오. 공격이오."

"예?"

태평자가 기가 차다는 표정으로 힐난했다.

"쯧쯧. 수비가 더 유리하다는 것은 병법 중에서도 기본이거늘."

무루가 괘념치 않고 이수린에게 말했다.

"그대는 당장 전 수하들을 이끌고 공격을 떠나시오."

이수린은 당황하며 말을 하지 못했다. 태평자가 노염에 찬 눈으로 무루를 밀어내려는 순간, 무루의 입에서 나온 말에 숨을 들이켰다.

"신비환의 약점을 공략하는 것이오. 복용하고 일각의 시간이 지나야 그 효과가 발생하오. 그러니 그들이 신비환을 복용하기 전에 들이치시오."

"......!"

"그들이 당황해 신비환을 급히 복용해도 일각의 시간이면 승기를 충분히 확보할 수 있소."

"아! 그렇군요. 약효 시간이 한 시진이니 그들은 최대한 접근하기 전까지는 신비환을 복용하지 않을 것이니."

무루는 고개를 돌려 일행에게 말했다.

"마 장로와 혈광비도 여기 남아서 이들을 도와주시오."

"존명!"

"그리하겠습니다."

무루가 유라를 보며 말했다.

"너는 나와 함께 가자."

유라가 마주 보며 환하게 웃으며 죽립을 벗었다.

이제부터는 무서운 속도로 달려야 할 터. 죽립은 곧 바람에 의해 날아갈 터였다.

면사에 가려 있던 그녀의 진면목이 드러나자 사람들이 눈을 부릅뜨며 신음을 삼켰다. 태평자마저 놀라 헛바람을 토할 정도였다.

그 광경에 이수린이 씁쓸한 미소를 지었다. 하지만 애써 웃으며 무루를 향해 말했다.

"돌아오실 때에는 승전보를 들려드리지요."

무루가 고개를 주억거리며 허공으로 몸을 솟구쳤다. 그 광경에 사람들이 입을 쩍 벌렸다. 유라도 땅을 한차례 쾅 하고 치고는 무루를 따랐다.

사람들은 말문을 잃었다.

태평자가 허공을 격하고 전각의 지붕을 밟으며 사라지는 그 둘을 보다가 말했다.

"맙소사! 무신 급에 가까운 고수들이었단 말인가?"

마붕권이 어깨를 펴고 대꾸했다.

"두 분 다 무신지경(武神之境)을 넘었소. 크흐흐."

무루는 훌쩍 넘었고, 유라는 살짝 넘었다.

그러나 굳이 그런 말은 필요없었다.

사람들은 무루와 유라가 무신지경을 넘었다는 말이 사실이라고 생각하지는 않았다. 그저 마붕권이 자신이 모시는 주군을 부풀려 자랑하는 것이라 여겼다.

하지만 그래도 엄청난 것이었다.

대체 저런 청년고수가 어떻게 지금껏 소문이 나지 않았는지 불가사의했다. 그리고 유라라는 여인이 보여준 압도적인 아름다움, 그것도 왜 소문이 나지 않았을까?

태평자는 고개를 돌려 이수린을 보았다. 왜 이제야 이수린이 그렇게 무루라는 청년에게 목을 맸는지 짐작이 갔다.

"문주."

그의 은근한 부름에 이수린이 눈을 동그랗게 떴다.

"예?"

"꼭 잡으십시오."

이수린이 쓴웃음을 머금었다.

2

청절검과 매봉 유화영은 삼각의 시간 동안 무엇을 할 수 있었을까?

결론은 그들이 뭔가를 하기에는 시간과 환경이 절대적으로 불리했다. 호광지부에 몰려 있는 무사들은 몰려온다는 적들과 싸우기 위해 분주하게 움직였다.

일각이 여삼추인 그 와중에 둘이 호광지부장 도풍백양(刀風白楊)에게 간자가 있을 것이라는 말은 씨알도 먹히지 않았다.

청절검과 유화영은 상황이 상황인 만큼 도풍백양을 탓할 수도 없었다.

그렇게 일각의 설득 시간을 허비한 그들은 자신들이 할 수 있는 최선의 것에 대해 고민했다. 그리고는 자신들도 싸움에 협조할 터이니 수하를 내어달라고 간청했다.

도풍백양은 잠깐 망설였다.

청절검은 자신과 같은 오백위 초인일 뿐더러 같은 무림맹 소속이다. 배분이나 무위, 명성을 따지면 자신보다 약간 더 위쪽인 것도 사실이다.

비록 다리에 부상을 입긴 했지만 경상이고, 매봉 유화영도 후기지수 중에서 선두에 속하는 인재다.

시간이 촉박해 군제의 일부를 개편하는 것은 어려운 일이 었지만 도풍백양은 화끈하게 결정을 내렸다.

그는 별동대로 움직일 무당파와 개벽궁의 고수들이 연합한 일백오십을 내주었다.

물론 이제 와서 단독 수장을 하는 건 무리이니 지금 그들을 이끌고 있는 무당파의 장로 명진 도사와 함께 협조하라는 것이었다.

청절검과 유화영은 곧바로 명진 도사에게 가서 다시 간자에 대한 것을 말했다.

"무량수불. 설마 그런 일이 있겠습니까? 우려가 과하신 것 같습니다."

유화영이 타협안을 내놓았다.

별동대는 직속 수장의 판단으로 적의 틈을 노리거나 아군의 어려운 곳을 돕는, 마음대로 움직일 수 있는 권한이 있었다. 그야말로 별동대 장수의 능력이 가장 중요한 부대.

"명진 도사님, 그럼 이렇게 하기로 하지요. 낭인과 용병이 가장 많은 부대가 좌군(左軍)이라 알고 있습니다. 우리는 좌군 후위에 대기하고 있다가 그들이 수상한 행동을 보이면 움직이기로 하지요."

청절검도 그것이 현재로서는 최선책인 것 같다며 간곡히 부탁했다.

명진 도사는 곤혹스러웠다.

그는 무당산에서 많은 동료를 잃어 복수심에 불타고 있었다.

당연히 별동대를 공격 위주로 운용할 생각이었는데, 청절검과 매봉은 수비에 치중하자는 것이다. 그것도 있을지 없을지 모를 간자에 대비하자는 것이다.

그렇다고 자신보다 배분이나 명성 등 모든 것이 높은 청절검이 간곡히 청하는 것을 외면하는 것도 쉽지 않은 일이었다.

결국 명진 도사도 타협책을 내놓았다.

"싸움이 어느 정도 무르익기 전까지는 청절검 장로님께 별동대 운용을 맡기겠습니다. 그러나 우려하신 일이 벌어지지 않는다면 제가 부대를 지휘하고 제 명에 따라주십시오."

명진 도사는 청절검이 수비 위주로 간세만 살핀다면 별동대의 손실이 거의 없을 것이고, 그다음에 전투가 한창일 때 힘을 축적하고 있는 수하들을 자신이 부린다면 그것도 나쁘지 않을 것이라 판단했다.

그렇게 시간이 흐르고 싸움은 시작됐다.

이천여 명에 가까운 적.

자신들이 수적으로는 훨씬 우세했지만 아무도 웃을 수 없었다. 이곳에 있는 적지 않은 자들은 이미 적들의 무서움을 몸소 체험했고, 그것은 동료들에게 전파된 상황이었다.

정체를 파악할 수 없게 모두 복면을 쓰고 있는 적들은 하나같이 고강했다.

적의 선봉 팔백 명.

그들은 눈에 광기를 흘리며 호광지부를 두들겼다.

도검이 부딪치는 쇳소리와 고함, 비명이 허공을 찢었다. 그렇게 한 시진 가까이 지나자 적의 선봉이 물러섰다.

그리고 철강시 삼백여 구와 구백 명의 적 본진이 쏟아져 들어왔다.

그건 노도와 같았다.

막으라는 비명이 사방에서 빗발쳤지만 호광지부의 담벼락은 속절없이 무너졌다.

일차 저지선이 붕괴되고 뒤로 계속 밀려나는 호광지부의 무인들.

상황이 급속도로 악화되자 명진 도사는 초조하기 그지없었다. 그러나 그는 이제 청절검과 매봉의 말을 믿었다.

좌군에 속한 낭인과 용병들을 유심히 주시한 결과 그들의 행동이 수상하기 그지없었다. 아무도 적극적으로 싸우는 이들이 없었다.

뒤에서 고함만 지르며 싸우는 흉내만 냈다.

격전 중인 사람들은 그것을 잘 몰랐지만 그들을 살피고 있는 별동대는 청절검의 말이 사실임을 믿기 시작했다.

그리고 마침내 그들이 품속에서 환약을 꺼내 먹었다.

명진 도사가 놀라 청절검에게 나직이 외쳤다.

"저, 정말로 환약을 먹고 있습니다."

"지금입니다. 조용히 놈들의 뒤로 다가가 우리가 먼저 제거해야 합니다."

"이 사정을 모르는 아군이 놀라 동요하지 않겠습니까?"

"지금 그런 것을 따질 계제가 아닙니다. 이미 제가 좌군장백운 선사에게는 귀띔을 해놓았으니 큰 문제는 없을 겁니다."

약간의 혼란은 어쩔 수 없었지만 방치하면 더 큰 문제였다.

별동대는 전속력으로 움직여 환약을 먹고 멍하니 있는 자들을 제거했다. 그러면서 환약을 먹고 있는 자들은 간세라고 사방으로 외쳤다.

결론을 말하자면 별동대의 선택은 나쁘진 않았지만 아주 좋은 것도 아니었다. 전면에서 철강시를 앞세워 쳐들어오는 이들을 막기에도 급급한 상황.

아군의 혼란은 생각보다 더 컸다. 뒤가 불안하니 앞에서 제대로 싸울 수가 없었던 것이다.

힘겹게 버티던 이차 저지선도 결국 무너져 내렸다.

이에 호광지부장 도풍백양이 대노하여 청절검을 참하라는 군명을 내렸다.

그런데 그때 우군과 중군에 일부 속해 있던 낭인, 용병 백여 명이 광기를 드러내며 마구잡이로 정파인들을 도륙하기 시작했다.

그들은 강했다.

호광지부의 우군과 중군은 전면의 적과 뒤에서 도륙하는 적을 감당 못하고 우수수 붕괴되었다. 믿기지 않을 정도로 빠른 붕괴였다.

전면의 적들에게 밀리긴 했지만 좌군만이 전열이 붕괴되지 않고 버텼다.

좌군장인 백운 선사가 청절검에게 달려왔다.

"어쩌면 좋겠소?"

"후퇴해야 합니다. 계속 버티려 하면 전멸입니다."

그의 말에 백운 선사와 명진 도사가 고개를 끄덕였다. 백운 선사가 청절검에게 말했다.

"그전에 중군과 우군의 퇴로를 확보해야 하오. 저 후위의 간세들은 아직 힘이 넉넉한 별동대가 맡아주시오. 나는 좌군을 사선으로 이동시키며 중군과 우군과 자연스럽게 어울리도록 힘써보겠소. 그렇게 한 무리로 합쳐지면 질서정연하게 후퇴해 봅시다."

이 상황에서 질서정연이란 말이 왠지 이상하게 들렸다. 그

러나 질서를 잃으면 뿔뿔이 흩어져 삽시간에 전멸당할 것이
다.

"그리하리다."

청절검과 명진 도사가 이끄는 별동대가 마침내 출동했다.
그 안에는 매봉 유화영도 물론 포함돼 있었다.

사투(死鬪)!

그렇게 이각 정도의 혈투 끝에 중군과 우군이 좌군과 합류
할 수 있었다.

그러나 결과는 형편없었다. 이미 그들의 팔 할 가까이가 목
숨을 잃어버렸다.

좌군 역시 절반의 희생이 난 상황. 삼천 명이었던 호광지부
의 무림인.

그들은 이제 칠백도 채 남지 않았다.

그리고 지금도 속수무책으로 적들에게 당하고 있었다.

피투성이의 호광지부장인 도풍백양이 헐떡이다가 역시 혈
인이 되어 있는 청절검을 바라보았다.

"미안하네. 자네 말을 들었어야 하는데."

청절검이 고개를 저었다.

"나 역시 그대 입장이었다면 똑같은 선택을 했을 것이니
괘념치 말게. 우리에게 불운은…… 대비할 시간이 없었다는
것이니까."

도풍백양이 흐릿한 미소를 짓고는 말했다.

"어서 후퇴하게. 잠시라도 저지해 볼 테니까. 후퇴는 자네가 지휘해 주게."

그 말에 명진 도사가 놀라 외쳤다.

"함께 후퇴하지 않으실 겁니까?"

"후후후. 질서정연한 후퇴란 결국 느린 도망이요. 완전히 무너진 우리와는 어울리지 않지. 모두 죽을 뿐이외다."

"……."

모두가 그의 비장한 말에 말문을 닫았다.

"최대한 빨리 도망치게. 남쪽! 가장 가까운 봉황문으로! 아마 지원군이 오고 있을 것이니 머지않아 그들과 조우할 수 있을 것이네!"

이들에게는 그것이 유일한 희망이었다.

청절검과 유화영은 그쪽도 지금 교전 중일지도 모른다고 생각했지만 입 밖으로 내지는 않았다.

작은 하나의 희망마저 꺼뜨리는 건 지금 남은 사람들에게 너무나 잔인한 짓이었다.

"그럼 복수를 부탁하겠네."

도풍백양이 자신의 친위대를 이끌고 다시 앞으로 나섰다. 청절검이 그의 등을 보고 이를 악물었다. 그러나 감상에 젖을 시간은 없었다.

"전원! 전속력으로 후퇴한다! 남쪽! 봉황문을 향해서!"

그는 우렁차게 외쳤다.

그러나 과연 봉황문에 당도할 수 있는 사람이 여기 있는 이들 중 몇 명이나 될까 하는 생각이 들었다. 부디 봉황문은 적들이 공격하지 않았기를, 그래서 봉황문에서 지원군이 오고 있기를 간절히 바랄 뿐이었다.

도망치는 그들의 뒤로 무림맹 호광지부의 전각들이 활활 불타며 넘실거렸다.

"으아아악!"

비명은 끊어지지 않았다. 지칠 대로 지친 호광지부의 패잔병들. 그러나 철강시는 지치지 않았다. 그리고 그 뒤로는 적들이 사냥을 즐기듯 멀찍이 떨어져 따라왔다.

슈카캉!

남은 내력을 쥐어짜 쳐보지만 철강시 놈들의 몸에 불꽃이 튀는 것이 고작이었다.

"끄으윽."

동료였던 이들이 뒤에서 죽어 나갔다. 그러나 사람들은 이를 악물고 앞으로 뛰었다.

"하아, 하아……."

숨이 가빴다.

한밤중.

이런 속도로 달리면 내일 동이 트기 전까지 봉황문에 도착할 수 있을까? 아니, 왜 온다는 봉황문의 지원군은 오지 않는 거지?

달리는 사람들은 마지막 희망인 봉황문 생각뿐이었다. 어쩌면 그건 뒤에서 연이어 들리는 동료들의 비명 소리를 잊고자 하는 몸부림이었을지도 모른다.

어느새 사람들의 숫자는 절반 넘게 줄어 삼백여 명에 불과했다. 청절검은 한숨을 삼키며 옆에서 나란히 달리고 있는 유화영에게 말했다.

"너 먼저 가거라."

"예?"

"허벅지 부상이 덧난 모양이다. 더 이상은 힘들어."

"……!"

"너는 꼭 살아남아라."

"장로님!"

지척의 명진 도사가 끼어들었다.

"저도 여기서 멈춰야겠습니다. 어차피 무리인 것 같습니다. 조금이나마 힘이 남았을 때 싸우다 죽는 것이 낫겠습니다."

그 둘이 멈춰 섰다. 그러자 유화영도 멈춰 섰다.

그런데 다른 사람들도 잇달아 멈췄다. 그들의 얼굴에는 허탈한 표정이 가득했다.

자신의 앞쪽에서 일백여 명의 복면인이 길가를 점령하고 있었다. 그들 앞으로는 서른 명 정도의 사람들이 죽어 있었다. 그들은 경공이 빨라 먼저 앞으로 간 동료들이었다.

복면인 중 하나가 투덜거리는 목소리로 말했다.

"이제야 오는군. 겨우 삼백 정도인가?"

삐이이익.

명적 소리가 울렸다.

그러자 맹수처럼 달려들던 철강시들이 주춤거리다가 공격을 멈추고 약간 뒤로 물러섰다.

유화영이 청절검을 보며 말했다.

"이런 경우를 가리켜."

청절검이 말을 받았다.

"진퇴양난(進退兩難)이라 하지."

둘이 싱긋 웃었다. 청절검이 물었다.

"이번엔 안 우냐?"

"이건 어쩔 수 없잖아요. 이름 모를 객잔에서 산적들에게 죽는 건 너무 허망했다고요."

"맹주께서는…… 분명 살아 계실 거다."

유화영이 고개를 주억거렸다.

"암요. 그래서 제 복수를 해주겠죠."

남은 삼백여 명이 모두 병장기를 잡고 심호흡을 해댔다.

"까짓, 기왕 이렇게 된 거, 멋지게 싸우다 죽읍시다."

"생쥐도 막다른 골목에 몰면 안 되는 법인데."

몇몇이 농담을 했다. 아무도 웃지는 않았지만 심정은 다 공감했다.

길을 막았던 자들 중 한 명이 홀로 앞으로 걸어나오며 말했다.

"모두 탈진 직전이군. 이래서야 사냥하는 재미가 없잖아. 쯧쯧."

그는 허리에 장검과 짤막한 장식용 비도를 차고 있었다.

스르르릉.

맑은 검명이 흐르며 은빛 검신이 달빛을 빨아들였다.

검집에서 나온 검은 한눈에 보기에도 대단한 보검임을 짐작케 했다.

"너희들 중에 내 삼 초를 받을 수 있는 놈이 있다면 전부 살려주지."

그 말에 청절검이 곧바로 나섰다.

"그 말, 약속할 수 있나?"

"아니, 이게 누군가? 오백위 초인 청절검이 아닌가? 자네를 여기에서 볼 줄은 정말 몰랐는데."

복면인이 놀랐다는 어조로 말했다.

"나를 아나?"

"무슨 상관인가? 평소라면 백여 초 승부가 나겠지만 지금의 넌 내 일 초도 받아내지 못한다는 것이 중요하지. 왜냐하면 상대가 너라면…… 난 일 초에 전력을 다할 거니까. 크하하하!"

그가 허리까지 젖히며 웃어댔다.

청절검이 그를 노려보며 기수식을 취했다. 그러자 복면인이 웃음을 멈추고는 검을 상단에 위치시켰다.

"난 늘 네놈을 밟아주고 싶었다. 인자한 척, 깨끗한 척하는 네놈의 면상을 발로 짓이겨 주고 싶었지."

청절검은 고개를 갸웃거렸다. 어디선가 들어본 목소리인 것 같은데 기억이 떠오르지 않았다.

"그리고 오늘 드디어 너를 밟는구나."

그 말이 떨어지기가 무섭게 허공에서 그림자 하나가 벼락처럼 떨어졌다.

콰직!

사람들이 눈을 동그랗게 떴다.

복면인이 사라졌다. 그리고 그 복면인이 있던 자리에 한 청년이 서 있었다.

"헉! 밟혔어!"

누군가가 놀라 소리를 질렀다. 그의 말대로 화려한 장검의 소유자는 청년에게 밟혀서 땅 속으로 쑥 박혀 버렸다.

유화영이 놀라운 신위로 등장한 청년을 보며 외쳤다.

"한 대협!"

그의 옆으로 한 여인이 내려섰다.

"서, 선녀?"

유화영은 비록 자신이 남장을 하고 있지만 스스로의 아름다움에 자부심을 가지고 있었다. 그러나 달빛을 받으며 놀라운 경신술로 등장하는 여인의 미모는 가히 충격적이었다.

유라가 싱긋 웃으며 유화영을 보았다.

"흥! 아직 살아 있었네?"

"서, 설마 유라 소저?"

"어때, 내 진면목을 본 소감이?"

"……."

"우호호호!"

유라, 그녀는 승리자의 환희를 마음껏 터뜨렸다. 그녀의 아름다움에 적과 아군이 모두 취해 멍하니 바라볼 지경이었다. 지금 자신들이 처한 상황도 잊은 채.

물론 대개의 사람들은 유라의 지금 아름다움엔 색향미혹공이 담겨 있는 것을 감지하지 못했다. 사내들에게 시전하면 죽는 순간까지 멍하니 유라만 바라보게 된다는, 구위영이 잡공이라 타박하던 무공이다.

"호호호, 오호호호!"

그녀가 유화영의 일그러지는 얼굴을 보며 계속 웃자 무루가 말했다.

"그만 웃지?"

뚝 멈추는 웃음.

"그럴까요?"

그녀가 색향미혹공을 거두자 많은 사내들이 아쉬운 탄식

을 흘려냈다.

"그럼 한번 놀아볼까나? 전장의 여신을 보여주지."

그녀의 눈이 반짝였다.

『절대고수』제6권에 계속…

秘訣潛虎

비룡잠호

오채지 新무협 판타지 소설

『백기쟁패』, 『혈기수라』의 작가 오채지가 돌아왔다!
그가 선사하는 무림기!

비룡잠호!

야만의 전사 오백으로 일만 마병을 쓰러뜨리고
홀연히 사라진 희대의 잠룡(潛龍).
그가 십 년의 은거를 깨고 강호로 나오다.

"나를 불러낸 건 실수야."

이가 갈리고 치가 떨리는
경험을 만들어주겠다!

Book Publishing CHUNGEORAM

유행이 아닌 자유추구 -
WWW.chungeoram.com